RUPTURES ET CONSÉQUENCES

MADELEINE ST JOHN

RUPTURES ET CONSÉQUENCES

roman

Traduit de l'anglais
par Anouk Neuhoff

ALBIN MICHEL

« Les Grandes Traductions »

Édition originale parue sous le titre :
THE ESSENCE OF THE THING

Pour Judith McCue

1

Nicola était encore sur le seuil quand Jonathan commença à parler : elle n'avait même pas eu le temps d'enlever son manteau. C'était un soir de printemps plutôt froid : on avait encore besoin d'un manteau quand on sortait après la nuit tombée.

Elle était là sur le seuil du salon, les mains dans les poches, serrant fermement le paquet de cigarettes qu'elle était sortie acheter au milieu de la petite monnaie et des clés ; elle n'avait même pas eu le temps de poser tout ça sur la table, ni d'enlever son manteau, ni de s'asseoir, car Jonathan l'avait appelée dès qu'elle avait refermé la porte d'entrée derrière elle.

« Nicola ? »

Sur un ton qui lui avait paru bizarre. Trop sec, trop pressant. Elle était restée là, perplexe, sur le pas de la porte, les doigts soudain crispés autour des cigarettes, des clés, de la petite monnaie : « Qu'est qu'il y a ? » avait-elle demandé. *Quelque chose ne va pas ?*

Jonathan était assis au bout du canapé ; il tourna la

tête juste assez pour permettre à son regard de croiser le sien. Il la regarda un moment puis reprit la parole. « Viens par ici, j'ai à te parler. »

Qu'était-il en train de dire ? Nicola était paralysée par la peur, une peur qui, à doses plus faibles, lui était devenue presque familière ces derniers mois : avec cette invitation ridicule, *Viens par ici* (où aurait-elle pu aller d'autre ?), cette annonce de mauvais augure, *J'ai à te parler*, elle sentit qu'un processus réellement effrayant venait de s'enclencher. Elle le sentit, sans le comprendre tout à fait. Elle resta plantée là, abasourdie, sur le pas de la porte.

« Qu'est-ce qu'il y a ? répéta-t-elle. Qu'est-ce qui ne va pas ? »

Qu'est-ce qui ne va pas est une de ces phrases qui ont la sonorité de ce qu'elles signifient, non par leur caractère onomatopéique, mais en raison de correspondances plus subtiles : la même chose est vraie, à un moindre degré, du mot *bien*. Il y a *ce qui va bien* et il y a *ce qui ne va pas*, il y a ce qui est bien et il y a ce qui est mal : on sait dès la naissance que les deux notions coexistent et qu'elles doivent en partie leur qualité irrévocable à leur formulation. Ce camp est le bon, disait le guerrier, et celui-là le mauvais. Choisir le mauvais camp, c'est être relégué dans un désert de glace et de ténèbres qui est l'*ultima Thule* de la dévastation. On risque de ne jamais en revenir.

« Quelque chose ne va pas ? » Elle avait conscience

en prononçant cette phrase que quelque chose, en effet, *n'allait pas*. La pièce était envahie de glace et de ténèbres.

Jonathan haussa très légèrement les épaules avant de se lever avec impatience. Il appuya un bras contre le manteau de la cheminée ; s'il y avait eu un feu il l'aurait sûrement tisonné. En l'occurrence, il contempla sans les voir les objets disposés là et déplaça un caniche en porcelaine. Puis il la regarda à nouveau. « Il n'y a pas de manière délicate de dire ça. J'ai décidé... enfin, j'en suis arrivé à la conclusion... que nous devons nous séparer. »

La glace et les ténèbres prirent possession d'elle : ses entrailles gelèrent.

« Je crois que je vais m'asseoir », dit-elle.

Ses entrailles étaient gelées, mais ses chevilles liquéfiées. Elle rejoignit le canapé d'un pas chancelant, serrant son manteau autour d'elle. Ses mains étaient toujours dans ses poches, tenant toujours les cigarettes, au milieu de la petite monnaie et des clés. Elle n'osait pas le regarder, pourtant elle savait qu'elle devait le faire. Parfaitement calme, le visage de Jonathan était un masque d'assurance tranquille.

Comme, au fond d'elle-même, Nicola se refusait à croire que cette conversation avait lieu, elle ne jugeait pas impossible de la développer. C'était une blague, le genre de blague qui pouvait avoir cours dans un rêve, dans cette réalité parallèle où il n'y avait ni bien, ni mal. Tout va bien, se surprit-elle à penser. Il s'agit simplement d'une blague que je n'ai pas encore saisie.

« Je crois que je ne comprends pas. Tu pourrais répéter ce que tu as dit ? »

2

Jonathan avait les yeux baissés, comme à la recherche du tisonnier atavique, du feu atavique ; il leva à nouveau la tête.

« Je veux que tu partes. Désolé… il n'y a pas de manière délicate de dire ça, je te l'ai dit. Désolé. Ça ne marche pas, c'est tout. Tu dois le savoir aussi bien que moi.

– Que je parte », répéta Nicola, hébétée.

Son ventre se noua et elle se mit à trembler. Ses doigts se crispèrent davantage autour des clés, des pièces, des cigarettes. Si c'était une blague, elle était d'un goût très douteux ; elle ne risquait pas de la trouver drôle.

« Oui, confirma Jonathan. Euh… Tu te doutes que… j'ai réfléchi, évidemment… » Il était soudain beaucoup plus sûr de lui. On passait aux choses sérieuses et les choses sérieuses étaient sa spécialité : après tout, il était avocat. « Enfin bon, je pourrais partir, moi, bien sûr, et tu pourrais rester, si tu voulais, mais je me suis dit que tu ne voudrais pas d'une charge aussi lourde. Enfin bon, ce que je te propose, ça va de soi, c'est de te racheter ta part. »

À chaque nouvelle phrase, son état de choc s'intensifiait. Il lui proposait – ça allait de soi ! – de lui racheter sa part. Comme elle ne disait rien, il poursuivit. Il contemplait avec insistance le caniche en porcelaine.

« Je présume, évidemment, que tu ne voudrais pas me racheter la mienne. »

Que je ne pourrais pas. Il veut dire *ne pourrais pas*. Quel tact. Évidemment qu'elle *ne pourrait pas*. Nicola travaillait au service publications d'un organisme artistique réputé, mais de taille moyenne. Elle constata qu'elle ne tremblait plus autant, et qu'elle pouvait s'aventurer à parler.

« Non, dit-elle, d'une voix égale. Je ne voudrais pas. »

Elle s'interrompit une seconde : on pouvait entendre le silence.

« En fait, reprit-elle, je ne voudrais pas *non plus* que tu me rachètes ma part. En fait, Jonathan, je ne comprends pas de quoi tu parles. Je n'arrive pas à croire à cette conversation. » Elle se leva. « Écoute, je vais accrocher mon manteau, dit-elle. Et je vais faire du thé, d'accord ? Ensuite tu pourras m'expliquer tout ça. Parce que, à cet instant précis, je ne comprends pas un mot de ton putain de délire. Excuse-moi. »

Sur quoi, elle quitta la pièce.

3

Elle avait beau être encore en état de choc, et continuer à trembler, elle commençait à percevoir... à prendre conscience... à *comprendre*... que la chose qui n'allait vraiment pas, en réalité, n'était pas tant la scène atroce dans laquelle elle venait d'être précipitée que la méprise (quelle que celle-ci puisse être) qui l'avait provoquée : elle commençait à comprendre – et en était plus convaincue à chaque minute – que la « conclusion » de Jonathan, si rationnelle soit-elle, ne pouvait que découler d'une hypothèse initiale totalement aberrante et complètement fausse, et qu'il suffisait de mettre au jour cette hypothèse et d'en dévoiler la fausseté. Maintenant qu'elle savait ce qu'elle devait faire il n'y avait pas de quoi réellement s'inquiéter, pas de quoi réellement avoir peur. Elle avait cessé de trembler ; elle alla faire le thé, et le rapporta dans le salon.

Ils gardèrent tous les deux le silence pendant qu'elle le servait ; elle lui tendit une tasse – Jonathan était toujours debout près de la cheminée –, puis entreprit d'ôter la cellophane du paquet de cigarettes.

« J'ai demandé à l'agence Winkworth d'envoyer quelqu'un lundi matin faire une estimation, dit Jonathan. J'ai pensé que c'était le plus équitable. Les prix n'ont pas beaucoup bougé depuis qu'on a acheté l'appartement, mais je me suis dit que si on avait une estimation je pourrais te verser ta part de la valeur actuelle, ou le montant de ton apport initial si par hasard il était plus élevé. Enfin bon, tu vois ce que je veux dire. On ne peut pas faire plus équitable ; j'espère que tu es d'accord. »

Nicola alluma une cigarette.

« Oui, acquiesça-t-elle. On ne fait pas plus équitable. » Elle avala la fumée. « Sauf qu'il y a un problème.

– Ah, je suppose que tu penses au mobilier. Je suis sûr que nous pourrons régler la question assez facilement.

– Non, il ne s'agit pas de ça.

– De quoi, alors ?

– Jonathan, assieds-toi, s'il te plaît. »

À contrecœur, il s'exécuta. Elle tira à nouveau sur sa cigarette. Même si elle avait décidé de ce qu'elle devait faire, il n'était pas évident de commencer.

« Le problème, dit-elle, le gros problème, c'est que je ne comprends rien à tout ça. Il est clair que quelque chose a mal tourné, et même très mal tourné, or je n'ai pas la moindre idée de ce que c'est. »

Jonathan parut étonné, voire légèrement peiné. « Non. Rien n'a *mal tourné*. Rien en particulier, j'entends. Non, je t'assure. C'est un ensemble. C'est nous. *Nous*, voilà ce qui ne va pas. En tant que couple. Je pensais que tu t'en étais rendu compte comme moi. Tu as bien vu comment c'était ces derniers temps. Enfin, tout de même, je ne vais pas entrer dans les détails ? »

Si c'était ça l'hypothèse initiale, dont la fausseté une fois démontrée devait aboutir à l'effondrement du raisonnement de Jonathan, alors continuer allait être encore plus dur : les explications qu'il lui avait données n'avaient fait qu'accentuer son état de choc et accroître sa douleur. Elle se remit à trembler.

« Non, manifestement, je n'ai pas vu *comment c'était*, dit-elle d'un ton mal assuré. D'accord, on a connu des moments difficiles, comme tous les couples, mais, mais… je croyais qu'on était heureux. » Sur ces mots, enfin, elle se mit à pleurer. Ses larmes se mirent à couler en abondance ; elle n'arrivait plus à parler, et commença même à sangloter.

Jonathan, assis à l'autre bout du canapé, sortit un mouchoir de sa poche et le lui tendit en silence – un grand carré de lin froissé, mais propre. Elle enfouit son visage dedans et pleura sans pouvoir s'arrêter pendant plusieurs minutes. Le monde qu'elle habitait ayant volé en éclats (dont les arêtes tranchantes la lacéraient de toutes parts), c'était la seule réaction naturelle à avoir.

4

Jonathan resta là à scruter le feu inexistant jusqu'à ce que les larmes de Nicola se tarissent ; enfin elle se moucha, et leva les yeux. Elle aurait presque voulu que ses larmes continuent, qu'elles occultent les ténèbres glacées de cette horrible découverte. Ce qui n'allait pas était un problème plus profond et plus insondable qu'elle n'aurait pu l'imaginer. Il résidait au cœur même de leur vie, il résidait en eux, il résidait, peut-être, au fond de leur âme, si tant est qu'ils en possèdent une.

« Je ne te comprends pas, répéta-t-elle. Je ne comprends rien de ce que tu as dit. » Et elle n'aurait pas, elle n'aurait jamais pu, parler plus sincèrement. Tout son esprit nageait dans le noir de l'incompréhension.

Jonathan avait quitté le canapé ; il était à nouveau appuyé contre le manteau de la cheminée. « Ça prouve que j'ai raison, non ? »

Non, elle n'arrivait toujours pas à croire qu'il puisse lui dire une chose pareille, à un moment pareil. Elle demeura sans voix, les yeux de nouveau noyés de larmes. Elle reprit le mouchoir pour les essuyer, mais d'autres jaillirent ; elle allait se remettre à sangloter. C'est le choc, se raisonna-t-elle. Simplement le choc.

Jonathan eut un haussement d'épaules impatient. « *S'il te plaît* arrête de pleurer. Ça n'avance à rien. » Il lui resservit du thé. « Tiens, bois ça. Tu te sentiras mieux. »

Elle laissa la tasse où elle était.

« Je suis désolé que tu prennes ça si… à cœur. »

Elle devina, aussitôt, qu'il avait failli dire « mal », et s'était interrompu juste à temps.

« Je n'aurais jamais pensé… Je n'imaginais pas un instant que tu aies pu nous croire *heureux*. Comme quoi, on ne se comprend pas, décidément. On sera bien mieux chacun de notre côté. » Il prononça ces mots presque avec satisfaction. Il était clair qu'il en était persuadé.

Ce ne fut qu'à ce moment-là que l'explication la plus probable, la plus banale, vint à l'esprit hébété et affligé de Nicola.

« Il y a quelqu'un d'autre ? »

Elle le dévisagea avec attention, sans ciller. L'étonnement de Jonathan n'était pas feint ; il paraissait même un peu offensé par cette suggestion.

« Non, bien sûr que non. Je te l'aurais dit si c'était le cas. » Il marqua une pause. « Non, reprit-il. Personne d'autre. Juste nous.

– Nous, répéta-t-elle. Apparemment, il n'y a plus de *nous.* »

Il ne dit rien ; une lassitude infinie semblait s'être emparée de lui. Elle reconnut cette expression, elle se souvint de cette sensation : il lui avait fermé son cœur, et son esprit. Il ne répondrait à aucune question, il serait sourd à toute prière ; il l'avait, pour l'instant du moins, complètement effacée. Elle reconnut cette expression, elle se souvint de cette sensation d'être une morte-vivante. À côté de la désolation qui la gagnait, ses larmes d'il y a quelques minutes semblaient voluptueuses.

« Jonathan. Ne fais pas ça. »

Il l'ignora. Autant siffler dans un violon. Il ramassa le plateau de thé. « Je dormirai dans la chambre d'ami, annonça-t-il. Le lit est fait ? »

Elle détourna le regard avec une sorte de dégoût, et, ignorant aussi cette réaction, il poursuivit : « Au fait, je ne serai pas là ce week-end… je vais chez mes parents. »

Tiens donc. Et le lendemain on était vendredi.

« Je partirai directement après le boulot. D'accord ? »

Elle haussa légèrement les épaules, toujours muette, et se leva.

« Alors, bonne nuit, dit-il d'un ton neutre. À demain matin. »

Elle le fixa du regard en silence, puis quitta la

pièce. Il l'avait rejetée et elle constata, comme c'était déjà arrivé, qu'elle ne pouvait parler, agir, et, dans une certaine mesure, se sentir, que comme une étrangère. Pourtant, au tréfonds de cette étrangère sonnée et médusée, se débattait, terrifiée, démunie et hurlant d'angoisse, une Nicola remplie d'amour et de confiance.

5

« Tu fais quelque chose ce soir ?

– Rien de spécial.

– Je peux passer après le boulot ?

– Juste toi ?

– Oui. Juste moi.

– Quelque chose ne va pas ?

– Pas trop.

– Comment ça ?

– Je te dirai quand je te verrai.

– Désolée, Geoff sera là. C'est un de ses jours off.

– Ça ne fait rien. Écoute, j'apporterai à boire. Tu voudras autre chose ?

– Non, à boire ce sera très bien.

– À tout à l'heure, alors, vers six heures et demie, c'est bon ?

– Oui, à ce soir. Je t'embrasse.

– Moi aussi. »

Susannah raccrocha.

« C'était qui ?

– Nicola.

– Qu'est-ce qu'elle voulait ?

– Moi.

– Pourquoi ?

– Besoin d'une amie.

– Ah bon ? Quelque chose ne va pas ?

– Pas trop, paraît-il. On saura ce soir, je suppose.

– Oh, Seigneur. Elle ne va pas nous bassiner avec ses histoires, j'espère ? Je vais peut-être sortir et vous laisser entre filles.

– Si tu veux. On peut se débrouiller sans toi.

– Elle vient dîner ?

– Évidemment. Elle vient en sortant du bureau. Avec quelque chose à boire.

– Écoute. Je vais rester dîner, puis je filerai au pub.

– C'est le soir karaoké.

– Raison de plus.

– Je croyais que tu aimais bien Nicola ?

– Elle est adorable.

– Alors ?

– Je n'aime pas les jérémiades de bonnes femmes.

– Qu'entends-tu par là, exactement ?

– Tu sais. Quand les femmes se lamentent. Quand elles se plaignent. D'un homme, en général.

– Ils n'ont qu'à pas nous en donner l'occasion.

– Allons, reconnais que les hommes, eux, ne se lamentent pas à n'en plus finir.

– On ne leur en donne pas l'occasion.

– Ce n'est quand même pas aussi simple que ça ?

– Peut-être pas. N'empêche, c'est intéressant, non ? Le problème avec les femmes, c'est qu'elles parlent trop, et avec les hommes, c'est le contraire.

– Tu crois que je devrais faire Joe Cocker ce soir, ou Bryan Ferry ?

– Franchement, Geoff. Ce n'est pas le moment de plaisanter. Nicola a peut-être vraiment des ennuis.

– Elle ? Dans son chic petit appart de Notting Hill avec sanitaires de luxe, et son snobinard de mec qui met en cave ses vieux bordeaux... Impossible. Elle doit seulement avoir besoin d'aide pour ses vol-au-vent.

– Geoffrey, tu es un idiot. Tu ferais mieux de t'éclipser ce soir, finalement. Fais Joe Cocker. Maintenant fiche le camp et laisse-moi bosser un peu. »

Susannah travaillait à domicile, et Geoffrey était prof en IUT. À eux deux, ils arrivaient tout juste à rembourser les traites pour leur maison de Clapham, achetée avant que le quartier devienne plus ou moins branché. Ils n'avaient qu'un enfant, plutôt intelligent ; ils ne pouvaient pas se permettre d'en avoir un deuxième.

Plus tard ce jour-là Susannah donna à Geoffrey une liste de courses et il alla chez Sainsbury acheter les provisions en question, plus quelques caramels.

« Qu'est-ce que c'est que ça ? demanda Susannah, en déballant les sacs.

– Des caramels.

– En quel honneur ?

– Pour toi.

– Pour moi ?

– Oui, pourquoi pas ?

– Pourquoi oui ?

– Un gage de mon estime.

– Si seulement.

– Ainsi que de mon amour, de mon admiration, de ma gratitude, j'en passe et des meilleures.

– Ben voyons. T'en veux un ?

– Puisque tu proposes. Rien qu'un. »

L'enfant intelligent, un gamin de neuf ans, rentra à ce moment-là de l'école.

« Ça alors ! Vous mangez des *bonbons* ! Ça alors !

– C'est parce qu'on a été sages, dit son père.

– Encore heureux ! commenta l'enfant, qui s'appelait Guy.

– Viens m'embrasser, dit sa mère.

– D'accord, acquiesça Guy, avant de s'exécuter.

– T'en veux un ? » demanda-t-elle en lui offrant les caramels.

Il en prit un.

« Vous voulez voir mon poème ? » demanda-t-il.

Il fut invité à le leur lire.

« Ça alors ! s'écria Susannah. Chouette. Bravo !

– J'aimerais savoir écrire comme ça », déclara Geoffrey.

Il était sincère : n'importe quel adulte aurait formulé le même vœu. Mais bon…

6

Assis autour de la table de la cuisine, ils mangeaient des spaghettis et buvaient le vin que Nicola avait apporté, tous à part Guy, qui buvait du lait chocolaté. À la fin du repas, Guy obtint la permission d'aller regarder la télé et les adultes purent se détendre et échanger des soupirs.

« Alors, comment va Jonathan ? » demanda Susannah.

Nicola fumait une cigarette. Elle jouait avec son briquet.

« Je ne sais pas trop.

– Il y a lieu de s'inquiéter ? insista Susannah, qui, depuis le début, jugeait la relation digne d'inquiétude.

« Euh… Eh bien…

– Vas-y.

– Je suis sortie hier soir acheter des cigarettes.

– Ah oui ?

– On regardait tranquillement la télé ; un soir tout ce qu'il y a de normal.

– Je vois ce que tu veux dire ; on connaît ça aussi.

– Bref, je suis sortie, j'ai acheté les clopes, je suis revenue tout de suite, et quand je suis rentrée, Jonathan m'a appelée en disant : Viens par ici, j'ai à te parler. J'ai obtempéré, je n'ai même pris le temps d'enlever mon manteau, et il m'a dit, il a dit… » Elle s'arrêta.

« Oui ?

– Il a dit : Je veux que tu partes.

– Il a *quoi ?* s'écria Susannah.

– Comme ça ? s'enquit Geoffrey.

– Oui, comme ça. »

Ses interlocuteurs en étaient comme deux ronds de flan, ahuris et consternés.

« Enfin quoi, fit Susannah, tu ne te doutais de rien ?

– Non, de rien. Et quand je dis rien…

– Il est cinglé.

– Il avait l'air tout ce qu'il y a de sensé.

– C'est là qu'ils sont le plus dingues.

– Hum-hum, intervint Geoffrey.

– Toi, tu te tais », ordonna Susannah.

Il parla quand même. « Qu'est-ce qui s'est passé ensuite ?

– Eh bien… » Nicola parvint à leur raconter le reste de la conversation et à décrire ce qu'elle avait éprouvé.

Ses amis étaient toujours consternés mais moins ahuris.

« C'est un salopard fini, décréta Susannah. Bon débarras.

– Tu le penses vraiment ? » demanda Nicola d'un ton malheureux. Relater la scène l'avait ébranlée.

« Absolument, affirma Susannah. Un authentique salopard.

– Peut-être pas un salopard, rectifia Geoffrey. En tout cas un connard. Un connard, ça oui. Remarque, ça a toujours été évident. Enfin, il suffit de le regarder. Tu seras bien mieux sans lui, y a pas photo.

– Mais je l'aime », protesta Nicola, avant de fondre en larmes.

Susannah fit glisser sa chaise vers celle de Nicola et passa son bras autour des épaules tremblantes de son amie. « C'est ça, pleure un bon coup, ma chérie. Susannah est là. »

Elle continua à la serrer contre elle le plus fort possible, lui tapotant le dos tout en tournant la tête pour décocher un regard noir à son mari. « *Fous le camp* », mima-t-elle avec les lèvres, et Geoffrey, haussant les sourcils, marmonna une excuse avant de se lever et de quitter la pièce.

« Là, fit Susannah, là, là. Pleure un bon coup. Quels crétins, ces hommes. Là, là. »

7

Nicola finit par sécher ses larmes et demeura silencieuse et affligée pendant que Susannah faisait du thé. Elle baissa les yeux sur sa tasse.

« Jonathan est peut-être un salopard, dit-elle. Le fait est que, là, il se conduit comme un salopard. Et il se peut que ce soit irréversible. Mais ce n'est pas un connard. Je t'assure. Je sais que tu penses que si, mais non.

– C'est Geoff qui a employé le mot, pas moi, lui rappela Susannah.

– Mais je suppose que tu es d'accord.

– Eh bien, un salopard est automatiquement un connard », fit remarquer Susannah.

Nicola, après réflexion, fut obligée de l'admettre. « Bon. Disons que c'est un connard. Mais c'est le connard que j'aime. » Elle marqua une pause. « En fait, je n'ai jamais su au juste ce que voulait dire *connard*.

– Et moi je n'ai jamais su au juste ce que voulait dire *aimer*.

– Ça veut dire que même si l'autre se conduit comme un salopard, ou un connard, ou les deux à la fois, on veut quand même rester avec lui.

– Certains appelleraient ça du masochisme.

– Hou là ! »

Le gouffre s'ouvrit devant elle. Qui savait ce que voulaient dire les choses, au juste ? Jusqu'où faudrait-il tomber dans cet abîme, ou en escalader la paroi, pour atteindre le sens et la vérité ? Si tant est qu'il y ait bien un sens et une vérité à atteindre ? Elle choisit de s'écarter le plus possible du bord du précipice.

« Le problème, dit-elle, c'est que l'amour qu'on a ne s'éteint pas. Si mal que l'autre puisse se conduire.

– Oui, en effet, c'est le problème, reconnut Susannah. C'est tout le problème.

– Sûrement un tour que nous joue la nature..., dit Nicola, songeuse. Pour s'assurer qu'on continue à se reproduire, quoi qu'il advienne. Non pas que le sexe de nos jours soit lié à la reproduction ; mais n'empêche.

– On reste soumis à ce brave mécanisme archaïque. Un tour, mais un sale tour, ça oui. »

Toutes deux gardèrent le silence un moment. Susannah finit par reprendre timidement la parole. « Ce qui s'est passé hier soir... c'est vraiment arrivé sans crier gare ? Tu ne soupçonnais vraiment pas qu'il avait ça en tête ? »

Nicola ne répondit pas tout de suite. Elle s'efforçait de rassembler ses souvenirs et ses pensées.

« Il y a bien eu quelques épisodes salopard. Mais rien d'aussi grave. Rien qui laisse augurer ça. » Elle se tut à nouveau, et s'assit ; elle réfléchissait. « Je me suis peut-être tout simplement voilé la face, déclara-t-elle avec lenteur.

– J'ai toujours trouvé qu'il valait mieux se voiler la face qu'être parano », répliqua Susannah.

Nicola eut un faible sourire. « Au moins les paranos sont préparés. Préparés au pire, j'entends.

– Quoi, tu étais préparée au meilleur ? » s'étonna son amie.

On touchait, enfin, au cœur du sujet.

« Oui, dit Nicola. Je croyais que ce n'était qu'une question de temps, un temps très court, avant qu'on décide de se marier.

– Le mariage étant “le meilleur”, c'est ça ?

– Forcément, non ?

– En attendant d'inventer quelque chose d'encore mieux.

– Qui serait quoi ?

– Ah, si on savait. »

Guy entra dans la pièce.

« Guy, lança sa mère, dis-nous ce qui pourrait être mieux que le mariage ?

– Le salut », répondit-il.

Ses aînées éclatèrent de rire.

« Où apprends-tu des mots pareils ? demanda Susannah.

– Celui-là, je l'ai appris en instruction religieuse. Je ne sais pas trop ce qu'il veut dire, mais c'est censé être très bien, alors c'est peut-être mieux que le mariage.

– On ne peut pas avoir les deux ?

– Euh, je suppose que si, mais le salut est quand même sûrement le mieux des deux.

– Le mieux des deux, répéta Susannah. Très bien, Guy. Très bien.

– OK », dit-il.

Il se rappela alors pourquoi il était venu. « Je peux avoir un autre caramel ? »

8

« Et papa, qu'est-ce qu'il fait ?

– Il regarde la télé.

– Apporte-lui donc un caramel. »

L'enfant s'en alla et les deux femmes restèrent là à se regarder un moment.

« Tu as de la chance, soupira Nicola.

– Ton tour viendra, dit Susannah.

– Tu le penses vraiment ?

– Bien sûr que oui. Dès que tu seras débarrassée de ce salopard. »

Le visage de Nicola était le chagrin incarné. Elle ne voulait pas être débarrassée de Jonathan ; sa situation présente était tellement insupportable qu'elle n'était pas en mesure d'y réfléchir, ni de l'admettre : même ici, maintenant, avec Susannah, elle ne pouvait en considérer que les contours, et non l'insoutenable intégralité.

« Jonathan n'cst pas foncièrement un salopard, protesta-t-elle, presque avec violence. Non… c'est juste que… quelque chose a mal tourné. C'est sans doute ma faute. Je n'ai pas eu l'occasion de réellement discuter avec lui. Je ne sais pas ce qui se passe dans sa tête. C'est forcément ma faute : j'ai dû faire quelque chose de mal.

– Il aurait dû t'en parler tout de suite dans ce cas, ne pas attendre, pour te faire ensuite ce coup-là.

– Oui, enfin, c'est difficile pour lui… il est… tu sais… peut-être qu'il était sous le choc, ou déboussolé… je ne sais pas. » Elle s'interrompit, à nouveau au bord des larmes.

« Écoute, ma chérie, qu'il soit ou non un fieffé salopard, il t'a bel et bien foutue dedans ; il a causé, à toi, du chagrin, et à tes amis, de la consternation. S'il ne se secoue pas un peu et ne met pas les choses au clair à votre satisfaction mutuelle au retour de son week-end de poltron, alors, ce que tu devras faire, c'est te tirer *immédiatement**[1] et le laisser en plan. Tu fais ton sac et tu te barres. Je ne sais pas quels autres points de chute tu peux avoir, mais tu sais que tu es plus que la bienvenue si tu veux squatter ici en attendant de savoir de quoi il retourne. Y a pas à tergiverser. Soit il se secoue, il s'explique et il s'excuse platement en te garantissant qu'il ne te refera plus des sorties de ce genre – enfin, si tu tiens vraiment, comme tu dis, à

1. Tous les mots et expressions suivis d'un astérisque sont en français dans le texte (*N.d.T.*).

rester avec lui –, soit tu te tires et tu laisses ce salopard se démerder. Tu peux dormir dans ma pièce-atelier. Je ferai même de la place pour tes affaires. Je ne peux pas te dire mieux.

– Tu es un ange, lâcha Nicola d'un ton malheureux. J'espère seulement que je n'aurai pas à profiter de ta générosité.

– Peu importe : promets-moi juste de ne pas t'accrocher. Je suis sérieuse. Les salopards, je les connais. S'il y a une chose qu'ils adorent, c'est prolonger la souffrance. Tu promets ? Tu me téléphones lundi soir, d'accord, au plus tard mardi, que ce soit pour m'assurer que tout s'est arrangé, ou pour annoncer que tu débarques. C'est compris ?

– Tu es un ange.

– Oui, dit Susannah. Tout à fait moi. »

9

Nicola était repartie chez elle en taxi, Guy était couché, Susannah faisait la vaisselle et Geoffrey rôdait aux alentours, faussement serviable.

« Qu'est-ce qu'elle va faire, alors ? demanda-t-il.

– Je ne sais pas. Il est trop tôt pour décider.

– Trop tôt ? Combien de temps ça prend ? Il lui a demandé de débarrasser le plancher, elle n'a aucune raison de traîner, il me semble.

– Ah, si tu savais.

– Éclaire-moi.

– Il ne te vient pas à l'idée qu'il ait pu avoir un coup de sang, ou un truc du genre ? Enfin quoi, donner un ordre pareil, sans motif apparent… c'est complètement dingue.

– Alors, d'après toi, ce ne serait qu'une crise de folie temporaire. Il lui aurait retiré toute son affection à cause d'un déséquilibre passager.

– Eh bien, c'est possible. Quelque chose dans ce

goût-là, en tout cas. Voyons, c'était tellement soudain, tellement imprévisible…

– Pour ça, on n'a que la parole de Nicola.

– On n'a pas le choix : on doit se fier à sa version, faute d'un autre son de cloche.

– Très bien, admettons, c'est totalement soudain et imprévisible et donc peut-être irrationnel. Mais qui a envie de continuer à vivre avec un mec qui peut se conduire comme ça ?

– Nicola.

– Alors elle doit être folle aussi. Ces deux-là font la paire.

– Donc autant qu'ils restent ensemble. Comme Carlyle et Jane Welsh.

– Elle ne m'avait jamais paru folle.

– Elle ne l'est pas. Normalement, je n'aurais pas dit ça, mais voilà, l'argument était irrésistible.

– Non, je pense que tu as raison. Elle doit être folle pour vouloir rester avec lui.

– Non, elle n'est pas folle.

– Alors quoi ?

– Elle l'aime.

– Oh, Seigneur, pitié.

– Quoi, pitié ? Pourquoi ?

– Aimer… Bon Dieu. Qu'est-ce que ça veut dire ?

– Explique-moi, toi. Il me semble avoir reçu un grand sachet de caramels, pour moi seule, cet après-midi même, en gage, entre autres, de ton amour pour moi.

– Ça n'a rien à voir.

– Comment ça ?

– Ce que je ressens pour toi ne peut absolument pas être comparé à ce que Nicola ressent pour Jonathan.

– Et pourquoi donc ?

– Enfin, bon Dieu. Tu es de mauvaise foi, là, j'espère ?

– Non, pas du tout. Je tiens réellement à savoir ce que tu veux dire.

– Notre situation n'a rien à voir avec la leur. Jamais de la vie ils ne pourraient ressentir ce que nous, on ressent. Leur situation est complètement différente, et eux-mêmes sont différents. Il n'y a pas de comparaison possible.

– Ça ne veut pas dire qu'elle ne peut pas l'aimer, à sa manière, eu égard à son caractère et sa situation.

– Soit, mais je ne peux pas prendre ce genre d'amour au sérieux.

– Je trouve ça très intolérant de ta part, pour ne pas dire arrogant, ou, pire, dénué d'imagination.

– Oui, mon portrait craché.

– Alors qu'est-ce que tu pourrais connaître à l'amour ?

– Parce qu'il faut être tolérant, humble et doué d'imagination pour connaître quelque chose à l'amour ?

– Oui. »

Un silence, puis Geoffrey reprit. « Je crois, dit-il lentement, que tu viens de mettre le doigt sur un point très sérieux. C'est vraiment troublant.

– On avait une conversation sérieuse, il me semble.

– Ah bon ?

– Nom d'un chien. Quand même... on parlait d'amour.

– Et rien n'est plus sérieux que l'amour.

– Non, rien. Rien de rien. »

Autre bref silence.

« Au fond, déclara Geoffrey, pensif, je crois que rien n'est plus sérieux que l'amour.

– Non, rien. Absolument rien.

– L'amour, hein ?

– Ouais. L'amour.

– Écoute. Surtout, ne répète à personne que j'ai dit ça. Que rien n'est plus sérieux que l'amour... Je n'oserais plus jamais me montrer sur un court de squash.

– Depuis quand tu joues au squash ?

– Enfin, tu vois ce que je veux dire. Tu comprends l'idée.

– Je vois. Après tout, c'est vrai, je ferais quoi d'un homme qui serait grillé sur les courts de squash ?

– Voilà. Exactement. »

10

« N'empêche, je ne comprends toujours pas comment une fille relativement intelligente et tout à fait séduisante comme Nicola…

– Parce que tu la trouves intelligente ?

– Oui, et séduisante. Comment peut-elle…

– Je ne savais pas que tu la trouvais séduisante.

– Pourquoi, elle ne l'est pas ?

– Apparemment, si.

– Bon. Donc je ne vois pas comment elle peut aimer un crétin comme Jonathan.

– Il est plutôt beau gosse.

– *Quoi ?*

– Si on aime ce genre-là.

– Tu n'es pas sérieuse.

– Tu paries ?

– Combien ?

– C'est ton argent.

– Seigneur ! Jonathan, *beau gosse* ! Seigneur !

– Je trouve qu'ils forment un assez beau couple, d'une certaine façon. Ils vont bien ensemble.

– Ils vont bien ensemble ?

– Oui, enfin quoi, physiquement. Ils en jettent. »

Geoffrey, toujours sidéré, réfléchit de son mieux au jugement de Susannah. « Oui, j'imagine que tu as raison. Je suppose qu'ils en jettent.

– On sait en général si deux personnes sont faites l'une pour l'autre quand, ensemble, elles forment un beau couple. Tu n'es pas de cet avis ?

– L'idée ne m'a jamais effleuré, répondit Geoffrey. D'ailleurs, maintenant non plus. Et nous, on forme un beau couple ? »

Elle rit. « D'après toi ? »

Il était encore totalement perplexe. Riant à nouveau, elle lui fit claquer le torchon devant le nez.

« Alors, d'après toi ? insista-t-elle.

– Je ne comprends toujours pas comment elle peut l'aimer, si assortis qu'ils soient physiquement ou non. Ou si beau gosse qu'il soit. Je ne dis pas qu'il l'est.

– Il sait faire les mots croisés du *Times*.

– Seigneur.

– On va se coucher ?

– Tu es sûre que tu ne préfères pas les mots croisés du *Times* ?

– On n'en a pas, on n'a qu'un *Guardian*.

– Et il ne fait pas l'affaire ?

– C'est bizarre, mais le prestige n'est pas le même.

– On va devoir aller se coucher, dans ce cas.

– Ah, au fait, j'ai dit à Nicola qu'elle pouvait venir habiter ici, si la situation ne s'arrangeait pas rapido. Si elle était vraiment obligée de partir.

– Eh bien, *au fait*, c'était une décision assez unilatérale de ta part.

– Que voulais-tu que je fasse ? »

Geoffrey poussa un soupir et la regarda. « On n'a plus qu'à espérer que la situation s'arrange. Après tout, ils sont faits l'un pour l'autre, comme tu l'as signalé. Ce n'est qu'une tempête dans un verre d'eau.

– Pauvre Nicola, dit Susannah avec tristesse.

– Oui, acquiesça Geoffrey, très sérieusement. Dans tous les cas, pauvre Nicola.

– Et encore plus pauvre Jonathan, ajouta Susannah.

– On se fout de Jonathan, répliqua Geoffrey, qui en avait assez.

– Oui, bon, si on allait se coucher, d'accord ? »

Ils y allèrent.

11

Enfin quand même, se disait Nicola, seule sous les couvertures, l'appartement silencieux autour d'elle, Jonathan réfugié à la campagne : il ne pouvait pas sincèrement penser ce qu'il avait dit.

Bien sûr que si, il le pensait : mais seulement parce qu'il se trompait. Ce qui n'allait pas était une erreur, et dès qu'elle pourrait, elle découvrirait quelle était cette erreur et elle la corrigerait : à ce moment-là tout ce que Jonathan avait dit, et cru penser, serait aboli. Dès qu'elle pourrait !

Il rentrerait sûrement dimanche soir, puisqu'il avait invité l'agent immobilier à venir lundi matin. Donc elle reverrait Jonathan dimanche soir. Les choses n'allaient pas tarder à s'arranger. Dans deux petits jours, l'épisode ne serait plus qu'un mauvais rêve. Sinon, c'était trop affreux pour être vrai.

Elle osait tout juste, à présent, envisager la scène de la veille au soir comme si elle reflétait bien la vérité, comme si elle constituait une irréductible, quoique abominable, réalité : comme si Jonathan avait non seulement pensé ce qu'il avait dit, mais su pertinemment ce qu'il voulait dire. Comme s'il n'y avait eu d'erreur dans cette histoire que de son fait à elle : elle avait refusé de voir, et a fortiori de reconnaître, les véritables sentiments de Jonathan.

À présent elle admettait, elle était obligée d'admettre que Jonathan avait peut-être pensé ce qu'il avait dit, et qu'il voulait, non seulement en toute sincérité, mais en toute légitimité, et de tout son cœur, se séparer d'elle : oui, cette horreur indicible était une possibilité logique. De telles choses étaient susceptibles de se produire pour de bon. L'amour pouvait refroidir et se changer en indifférence, en aversion, et même en haine.

Elle dut se rendre à l'évidence : quelle que soit la vérité, qu'il ait pensé ou non ce qu'il avait dit, Jonathan était devenu pour elle un mystère absolu. Il n'était plus l'amant, le camarade, le compagnon qu'elle avait connu, mais une créature fantastique atrocement imprévisible. Il ne devait pas y avoir beaucoup d'avocats comme ça, se dit-elle, et elle sourit presque. Susannah aurait été fière d'elle.

12

« C'est tout ce que tu prends ? Des céréales ? Tu ne veux pas des œufs au bacon ? Seigneur ! Tu voudrais peut-être du porridge. Non ? Bon, je suppose que tu sais ce que tu veux.

– Bien sûr qu'il sait. Bien sûr qu'il sait ce qu'il veut. Franchement, Sophie, on croirait qu'il a cinq ans. Des croissants, voilà ce qu'il voudrait. C'est ce qu'on mange au petit-déjeuner à Londres. Des croissants, des croissants français. On aurait dû en acheter. Quoi ?

– Ne dis pas de bêtises, Hugo. Quelle idée. Jonathan ne mange pas de croissants. Tu ne manges pas de croissants, hein, Jonathan ? Non, tu vois, il prend des toasts. Prends un peu de cette marmelade, mon chéri. De ma dernière fournée pour le stand du Women's Institute. Un peu liquide, il faut juste la manger avant qu'elle dégouline. Oh, mais tu as toujours adoré cette marmelade ! Je me souviens que je t'en envoyais en pension. Non ? Alors je t'en donnais à emporter. Je me souviens. Cette marmelade. Tu en réclamais toujours.

– N'importe quoi.

– Pardon ?

– N'importe quoi. Tiens. Écoute ça. »

Hugo Finch, juge de paix, se mit à lire le *Telegraph* : « Les vieux routiers du Parlement auraient déclaré... » L'article continuait dans la même veine, ajoutant un chapitre à la sinistre et pourtant souvent hilarante saga de ce peuple insulaire qui avait donné à la planète sa langue commune et presque tous ses sports. À quoi travaillaient-ils aujourd'hui ? Nul n'aurait su le dire ; nombreuses étaient les tentatives pour répondre à la question, mais ce mystère dépassait l'entendement humain. Hugo termina sa lecture.

« Formidable », commenta Jonathan, qui n'en pouvait plus.

Son père le dévisagea. « Quoi ? Qu'est-ce que tu as dit ? » Il semblait furibond.

« Formidable, répéta Jonathan. Formidable !

– Tu entends ça ? Tu entends ce qu'il dit ?

– Oui, il plaisante, Hugo. Il ne le pense pas.

– Je vais te dire ce qu'il va faire s'il le pense : il va retourner tout droit à Londres par le prochain train.

– J'ai une voiture.

– Alors, grimpe dedans et fous le camp, dans ce cas ! Formidable, il dit ! Formidable ! Une bonne correction, oui, voilà ce qu'il mérite ! Des croissants ! Londres ! Je t'en ficherai. Une bonne correction, oui ! »

Hugo fit claquer son journal pour le remettre à la verticale et se barricada derrière. « Des croissants ! marmonna-t-il.

– Excusez-moi », dit Jonathan en se levant. Il sortit dans le jardin où il déambula d'un pas tranquille, l'humeur joyeuse. Il avait mis des années à apprendre que quand on vous asticotait, il fallait riposter. Des croissants… des croissants français ! Fabuleux ! *Formidable !*

13

L'euphorie se dissipa ; Jonathan fut à nouveau possédé par le démon familier dont les oppressantes ailes sombres enveloppaient son esprit. Il s'assit sur un banc de jardin et se laissa aller en arrière, fermant les yeux face à l'éclat du soleil printanier, écoutant les bruits de la campagne, essayant, en vain, de chasser pensées, souvenirs et réflexions.

Pourquoi cette morosité persistante ? Le pire n'était-il pas derrière lui ? Nicola, autant qu'il sache, serait peut-être partie, volatilisée, quand il rentrerait à Londres le lendemain soir ; si ça se trouve, à cette heure-ci, il était déjà libre. Libre, et seul : être seul, c'était être libre.

Soudain, sur le banc à côté de lui, il sentit le poids d'un être humain, et une voix l'apostropha. « Ah ! Te voilà ! » C'était sa mère, dont l'approche avait été assourdie par la pelouse.

Oh, Seigneur. Décidément, où que vous soyez, il y avait toujours quelqu'un, une femme ou une autre, pour scruter votre âme. C'était insupportable. Il avait même, du moins il se le figurait, surpris sa secrétaire à le faire. Elles scrutaient votre âme et vous laissaient nu et désarmé.

Il se redressa sur le banc. « Je comptais aller faire un tour.

– Oh, reste un peu maintenant que je suis là, le pressa sa mère. Donne-moi des nouvelles de Nicola. Quel dommage qu'elle n'ait pas pu venir, avec ce beau temps. »

Quel dommage que tu ne sois pas marié… que tu n'aies pas d'enfants… que tu ne sois pas plus content d'être ici… Mais vois comme nous sommes tolérants, comme nous l'avons toujours été. Comme nous sommes tolérants, et patients. Tous les jeunes étaient apparemment les mêmes, à vivre ensemble sans la bénédiction de l'Église. Bien sûr ils finissaient par se ranger. Pour la plupart. Mais quand ce dénouement surviendrait-il pour Jonathan ? Le cheminement prenait un temps fou. Et puis, pourquoi Nicola n'était-elle pas là ce week-end ?

« Elle aime tellement ce jardin…

– Oui, acquiesça Jonathan. Je suppose que oui.

– Mais elle va bien, n'est-ce pas ? » Pas exactement ce qu'on aurait aimé pour Jonathan, *dans l'idéal*, mais bon, vraiment une chic fille. Oui, une chic fille. Des études poussées, bien sûr. Comme toutes les filles aujourd'hui…

« Oui, répondit Jonathan. Ça va.

– Bien, dit sa mère. Arrange-toi pour l'amener la prochaine fois.

– Oui. Pas de problème. »

Ah ça, tu peux toujours rêver ! Désolé, m'man.

14

Le samedi (alors que Jonathan se prélassait, se remplissait la panse, se promenait, enrageait, frappait des boules de croquet et, par intermittence, exultait), Nicola nettoya à fond tous les placards de cuisine. Elle nettoya la gazinière, en particulier le four. Elle alla jusqu'à lessiver les murs, y compris les plinthes, et fit deux machines de linge d'affilée. Puis elle se lava les cheveux.

Mrs Brick étant venue quelques jours avant, il n'y avait pas grand-chose à faire dans l'appartement, mais le peu qu'il y avait, elle le fit, et elle en rajouta.

Le dimanche matin elle astiqua les miroirs, l'intérieur des vitres et l'écran de télévision, puis elle lava tous les chiens en porcelaine, qu'elle remit sur la cheminée à des emplacements légèrement différents. Après avoir déjeuné d'un sandwich au thon et d'une orange (tandis que Jonathan, lui, avait droit à un rôti d'agneau trop cuit et une tarte aux pommes), elle s'attela au repassage. Elle tuait le temps efficacement.

Elle venait d'attaquer les chemises de Jonathan (ah ! les chemises de Jonathan : Dieu portait exactement ce genre-là) quand le téléphone sonna.

« Nicola ? C'est Lizzie.

– Ah, Lizzie.

– Comment tu vas ?

– Bien, merci. Et toi, Lizzie ?

– Bien aussi. Écoute, ma chérie, pour le week-end prochain… »

Oh Seigneur oh *Seigneur.*

« Ou-i-i ?

– Hou là, tu avais oublié ? Je sais qu'on vous a pas mal baladés, mais on vient de décider qu'on ferait ça le week-end suivant en fin de compte. Ce sera Pâques, on s'est dit qu'on descendrait le samedi et qu'on resterait jusqu'au lundi soir. Vous êtes libres ? On peut toujours reporter une fois de plus sinon, mais ce serait sympa si vous l'étiez.

– Je ne sais pas trop, je vais devoir demander à Jonathan.

– Bien sûr. Tu peux lui poser la question maintenant, histoire qu'on sache où on en est ?

– C'est un peu difficile. Il n'est pas là.

– Pas là ? Alors, pose-lui la question dès qu'il rentre et rappelle-moi.

– Je ne sais pas trop… je ne sais pas trop quand il va revenir, ça risque d'être assez tard.

– Bon sang, il est parti sans toi ?

– Plus ou moins.

– Ma chérie, tu as l'air bizarre. Quelque chose ne va pas ?

– Pas vraiment.

– Ma chérie, on dirait que tu vas pleurer. Allons, raconte-moi ce qui s'est passé.

– Je ne peux pas. »

Elle était bien sur le point de pleurer. Elle qui croyait avoir versé toutes les larmes de son corps... Elle s'était persuadée qu'une fois que le repassage serait terminé, que la nuit serait tombée, que Jonathan serait rentré et qu'ils auraient eu une discussion digne de ce nom, tout serait redevenu normal. Normal et agréable. Ils seraient redevenus un couple normal et agréable et pourraient prévoir à nouveau des séjours entre amis, accepter des invitations amicales comme celle de Lizzie et Alfred Ainsworth, qui leur proposaient de passer un week-end dans leur cottage – ce cottage riquiqui où Jonathan n'arrêtait pas de se cogner la tête et où leur chipie de gamine les réveillait à cinq heures du matin... N'empêche. Le paysage était divin.

Elle était au bord des larmes dès qu'elle essayait de parler, car sous la certitude que tout (d'ici à peine quelques heures) redeviendrait agréable et normal était tapie la crainte terrible que ce ne soit en définitive impossible. Si impeccablement qu'elle puisse repasser les chemises de Jonathan.

« Oh, Nicola, tu m'inquiètes. Écoute, je vais passer

te voir, je dois aller chercher Henrietta à Battersea de toute façon. Tu ne bouges pas, je sors sur-le-champ, je saute dans ma voiture et je débarque. Je serai chez toi en moins de deux. » Là-dessus Lizzie lui raccrocha au nez.

Nicola s'effondra sur le canapé et se mit à pleurer. Elle avait un bon quart d'heure pour répandre ses larmes et les sécher, Lizzie devant faire tout le trajet depuis Islington. Lizzie était une de ces femmes qui aiment être au cœur de l'action.

Ses larmes ne durèrent pas aussi longtemps que la fois précédente. Si je réussis à finir cette chemise avant que Lizzie n'arrive, se dit-elle en regardant la planche à repasser à l'autre bout de la pièce, ça voudra dire que tout va s'arranger. Elle rejoignit la planche, et mania le fer à vitesse grand V. Sauf que ça ne comptera pas, se sermonna-t-elle, si je ne repasse pas comme il faut. Pas question de bâcler. Elle se montra donc extrêmement soigneuse avec les manches, la partie la plus délicate. Elle termina une minute avant que Lizzie ne sonne à l'interphone. Tout allait s'arranger.

15

« Ah, Lizzie.

– Ah, Nicola. Bon, alors qu'est-ce qui se passe ?

– Ce n'est rien, en fait. Tu n'aurais pas dû venir.

– Très bien. Je repars ?

– Non, reste prendre un thé.

– D'accord. Bon sang, ce que c'est nickel ici.

– Euh, il y a encore le tas de repassage… désolée pour ça, je venais de commencer…

– Bon sang. Et en plus, tu repasses. Une vraie perle. J'espère que Jonathan est reconnaissant. Ses chemises, à ce que je vois.

– Oui.

– Il a du bol.

– Oui.

– Oh, Nicola, la tête que tu fais… oh là là… oh, mais tu vas pleurer. Seigneur. Tu as un mouchoir ? Oh là là. Pauvre Nicola. Pour l'amour du ciel, ma chérie, raconte à Lizzie. Qu'est-ce qui se passe, dis-moi ?

– Tu es vraiment la dernière personne à qui je

devrais le raconter, lâcha Nicola, entre deux sanglots. Jonathan me tuerait.

– Sûrement. Mais oublions-le pour l'instant. Raconte-moi, c'est tout. »

C'était certes risqué. Susannah et Geoffrey étaient ses amis à elle, mais Alfred et Lizzie étaient ceux de Jonathan. Alfred en tout cas : Jonathan et lui se connaissaient depuis l'école. D'un autre côté, après les avoir rencontrés, Nicola était devenue relativement plus intime avec Lizzie que Jonathan ne l'était avec Alfred. Mais, Alfred s'en était fait la réflexion, les femmes étaient comme ça – toujours à se retrouver dans les coins et à tisser des liens : le phénomène relevait sans doute d'une stratégie d'évolution. Il ne demandait pas mieux que de les laisser à leurs conciliabules, du moment que, à l'évidence, elles ne tramaient rien de bien important. Alfred adorait les femmes, quand elles restaient à leur place, et, en tant que membre du barreau, il était toujours prêt à soutenir que certaines de ses collègues féminines étaient en effet très compétentes : oui, très. Lizzie, bien sûr, Dieu soit loué, n'était pas et n'avait jamais été une collègue.

« Laisse-moi d'abord faire ce thé. »

Nicola alla dans la cuisine, fit le thé puis l'apporta dans le salon. Lizzie regardait les chiens en porcelaine.

Elle s'empara d'un carlin. « C'est du Staffordshire ? demanda-t-elle.

– Pas vraiment, dit Nicola. Authentique XVIIIe. Porcelaine de Derby. C'est Jonathan qui me l'a offert.

– Ne te remets pas à pleurer.

– Non, promis. »

Elle servit le thé.

« Jonathan veut qu'on se sépare. Il a proposé de racheter ma part de l'appartement.

– Ça dure depuis combien de temps ?

– Aucune idée. Absolument aucune. Il me l'a annoncé comme ça, sans crier gare, jeudi soir. Puis il est parti directement du bureau vendredi passer le week-end chez ses parents. Ce qui fait que je n'ai pas eu l'occasion de parler sérieusement avec lui. Il n'a pas voulu discuter jeudi soir. Il a fait son annonce et puis il s'est fermé comme une huître. J'étais complètement estomaquée. Je le suis toujours.

– Moi aussi. »

C'était vrai. Elles burent chacune un peu de thé et Nicola commença à manger un biscuit.

« Et tu n'as vraiment repéré aucun indice… aucun signe avant-coureur ? demanda Lizzie.

– Non. Enfin, pour ce que j'en sais, il y a peut-être eu des signes, mais j'étais trop bornée pour les voir…

– Répète-moi exactement ce qu'il a dit et comment. »

Nicola s'exécuta.

« Bon, fit Lizzie. Je dois avouer que c'est bien le truc le plus flippant qu'on m'ait raconté depuis longtemps. On devrait le pendre haut et court. Je suis scandalisée. Et toi qui es là en train de repasser ses chemises ! Nicola ! Enfin, bon sang, qu'est-ce que tu fabriques ?

– Oh, se récria Nicola assez violemment, ne sois pas… ne sois pas trop dure avec lui… je ne connais pas… on ne connaît pas… tous les détails ; il a peut-être d'excellentes raisons… c'est sans doute entièrement ma faute… sauf que je ne sais pas ce que j'ai fait, pas encore.

– Seulement parce qu'il a refusé de t'expliquer. Mais quel porc ! Quel porc ! Le porc que c'est ! Ta faute ! Bon Dieu, cette crapule de Jonathan devrait se mettre à genoux devant toi chaque jour de sa vie… tu aurais dû voir dans quel état il était avant de te rencontrer ! Tu es la meilleure chose qui lui soit jamais arrivée, et il ne te mérite pas, pas cinq secondes. Tu es bien débarrassée. Il peut retourner d'où il vient, bon débarras. Cette vermine putride et assommante de Jonathan… il ne sera plus jamais invité dans *ma* maison : si Alf veut le voir il n'aura qu'à déjeuner avec lui, moi je ne veux plus de lui sous mon toit. Ces vieux célibataires, je t'assure ! Pitoyables ! Bon Dieu ! Les hommes ! »

Nicola s'était mise à rire ; puis elle se mit à pleurer en même temps. Mais bientôt elle pleurait, comme si son cœur allait se briser, et elle ne riait plus du tout.

« Oh, Nicola, fit Lizzie en lui tapotant l'épaule.

Il n'en vaut pas la peine. Un homme qui peut se conduire comme ça n'en vaut vraiment pas la peine. Un homme qui vous fait pleurer de cette façon-là n'est jamais digne de vos larmes.

– Mais je l'aime, protesta Nicola. C'est l'ennui, tu comprends. Je l'aime pour de bon.

– Tu ne pouvais pas trouver pire, affirma Lizzie. Personne ne mérite moins ton amour.

– Je n'ai pas vraiment cherché », répliqua Nicola. Et, au milieu de ses larmes, elle et Lizzie se remirent à rire.

« Bordel de merde ! s'exclama Lizzie. Bordel de merde, je t'assure.

– Oui, acquiesça Nicola. Tu ne saurais mieux dire. »

16

« À part la question de savoir comment tu peux aimer une immonde petite vermine comme Jonathan dans ses dispositions actuelles, dit Lizzie, même si les femmes sont bien connues pour aimer d'immondes petites vermines…

– Susannah dit que c'est un salopard, la coupa Nicola. Geoffrey aussi. Tu trouves que c'est un salopard ? »

Lizzie réfléchit.

« Un salopard, répéta-t-elle. Oui, oui, c'est aussi un salopard. Aucun doute. Comment vont Susannah et Geoffrey ? Des gens sympas, ces deux-là…

– Ils vont bien.

– Putain de Jonathan. Il ne mérite pas non plus tes amis. Il ne t'apprécie pas *une seule seconde* à ta juste valeur. Mais l'important, Nicola, ma puce, c'est qu'est-ce que tu comptes faire, hormis repasser ses chemises, ce que je t'interdis catégoriquement, bon Dieu, je n'arrive pas à le croire, ces foutues chemises, je rêve, et de Jermyn Street, je parie, un boulot de dingue à repasser…

– Oui, bon…, fit Nicola d'un ton morne.

– L'important, reprit Lizzie, laissant tomber le sujet des chemises, c'est qu'est-ce que tu comptes faire, exactement ? Maintenant que le maître a parlé.

– Eh bien, répondit tristement Nicola, je comptais juste… je comptais plus ou moins, ou plutôt *j'espérais*, le voir ce soir. Je me disais que là, on arriverait peut-être à discuter. Après deux jours passés loin de moi. Là, peut-être, on pourrait résoudre le problème. Peut-être. Je veux dire, je dois l'espérer. Je dois espérer. »

Elle avait l'air sur le point de se remettre à pleurer.

« Bien sûr, ma douce, dit aussitôt Lizzie. Bien sûr. Mais au cas où. Au cas où Jonathan aurait décidé de devenir un fumier professionnel à plein temps et n'en démordrait pas, tu ferais quoi ?

– Dans ce cas, je serais obligée de lever le camp, non ?

– Pas si vite, fit Lizzie. Tu irais où ?

– Oh, Susannah dit que je peux venir chez eux en attendant de m'organiser.

– Ça peut prendre un certain temps.

– Oui, reconnut Nicola avec désespoir.

– Tu n'as pas vraiment réfléchi à tout ça, hein ?

– Non. Je ne trouvais pas ça indispensable tant que je n'étais pas certaine d'y être obligée.

– Tu vas devoir acheter un autre appart, non ?

– Oui. Et un truc vraiment pas cher, en plus.

– C'est sûr.

– Enfin bon…

– Toute cette histoire est une honte. C'est incroyable, mais tu sembles avoir oublié que cet appart est en réalité ton territoire, du point de vue moral. »

Nicola réfléchit. « Je suppose que tu as raison, dit-elle, indécise.

– Bordel, un peu que j'ai raison », affirma Lizzie.

Et, de fait, ça se défendait.

17

Nicola avait emménagé dans cet appartement aux abords de la trentaine ; sous peu, cela ferait exactement cinq ans qu'elle y habitait.

L'appart était l'un de ces coups de chance inexplicables… ces aubaines qu'on ne peut pas chercher sciemment, ni même découvrir fortuitement : elles tombent dans le bec de ceux qui, par le plus grand des hasards, se trouvent être au bon endroit au bon moment. C'était un de ces derniers apparts délabrés de Notting Hill à loyer plafonné, sis dans un immeuble victorien dont le bail de cent vingt ans, quand Nicola y avait emménagé, devait expirer quelques années plus tard.

L'échéance était arrivée, la pleine propriété de l'immeuble avait changé de mains comme prévu, et les nouveaux propriétaires s'étaient empressés d'avertir chacun des différents locataires des choix qui s'offraient à eux. Nicola, à l'instar de ses voisins, s'était ainsi vu proposer soit de vider les lieux en échange d'une indemnité financière, soit de racheter elle-même le bail de l'appartement. Si elle choisissait de rester locataire, l'appartement serait modernisé et, comme disent les agents immobiliers, considérablement revalorisé : un loyer bien au-dessus de ses moyens serait ensuite exigé. La seule solution pour Nicola – qui n'avait pas les moyens de payer un loyer plus élevé, ni de racheter le bail – aurait été de prendre l'oseille et de se tirer. Et de se tirer très loin pour espérer dégoter, que ce soit à louer ou à acheter, un appartement aussi abordable, aussi joli et aussi bien situé. Elle aurait été plongée dans le désarroi pendant plusieurs mois, voire plusieurs années, s'il n'y avait pas eu Jonathan.

Ah, Jonathan.

« Eh bien, tout ça m'a l'air assez simple », avait-il dit.

Assis sur le canapé – ou plutôt, l'épave dotée de sa housse en lin décolorée, datant de l'époque où Nicola était l'unique occupante des lieux –, il lisait la lettre des nouveaux propriétaires, une compagnie immobilière avec une adresse à Mayfair. Elle était arrivée au courrier du matin ; Nicola l'avait lue en remontant la rue vers le métro : horrible. Elle avait téléphoné à Jonathan au bureau et lui avait demandé de passer ce soir-là pour y jeter un œil.

Ils se fréquentaient depuis un peu moins d'un an. Tout semblait marcher à merveille, hormis cette légère anxiété, cette crainte, même – « Est-ce que ça peut durer ? Est-ce qu'on va pour de bon… *est-ce que tu m'aimes vraiment ?* » –, jamais exprimée mais toujours présente, pareille à un bourdonnement qui ne se taisait que pendant l'acte d'amour. Mais ils vivaient, elle vivait, dans l'espérance, parce que leur histoire semblait, oui, elle semblait non seulement on ne peut plus naturelle, mais, dans la mesure où la perfection existait, elle semblait également parfaite. Jonathan et Nicola. Un beau couple. Nicola et Jonathan… un couple. Deux individus qui, sur tous les plans importants, étaient mieux ensemble que seuls. Un couple, avec ses plaisanteries à lui, ses souvenirs à lui, et son espace psychique inexpugnable.

« Dis, tu ne pourrais pas passer ce soir ? En vitesse ?

– Bien sûr. Pas de problème. J'apporte à manger ?

– Non, ça ira. Je crois qu'il y a de quoi…

– On pourra toujours aller au restau. Je te retrouve vers sept heures. »

Il était arrivé avec des fleurs, et une bouteille de vin.

« Jonathan, tu es trop mignon.

– Ah bon ? C'est vrai ? Viens ici. »

L'odeur bleu foncé de la serge anglaise : incomparable. L'odeur de Jonathan. Incomparable…

« Alors, où est cette fameuse lettre ? »

Jonathan assis sur le vieux canapé, un verre de vin dans une main, la lettre dans l'autre.

« Bon, tout ça m'a l'air assez simple.

– J'espérais que non.

– Comment ça ?

– J'espérais qu'il y avait une faille.

– Non. Vois-tu…

– Donc… » Elle était en train de découper quelque chose, ou d'éplucher quelque chose, pour leur dîner. Il était entré dans la cuisine. Appuyé contre un plan de travail, il l'observait ; elle s'interrompit. Elle fixait des yeux la planche à découper. « Donc… je n'ai pas trop le choix. »

Elle se sentait complètement vidée. C'était une catastrophe. Elle était si parfaitement heureuse, ici. La fenêtre de la chambre donnait sur les jardins communautaires ; des enfants jouaient, et les cris qu'ils poussaient trahissaient cette forme de joie que seuls les enfants connaissent. Elle s'empara de l'économe et le contempla comme si elle ignorait à quoi il servait. « Je vais devoir trouver un autre endroit où habiter. »

Lentement. L'horreur se profilait.

« Tu pourrais racheter le bail. Ce serait une bonne affaire : en tant que locataire occupante, tu obtiendrais un rabais d'environ un tiers sur le prix du marché.

– Je sais bien. Mais, même là, je n'ai pas les moyens. J'ai fait les calculs toute la journée. Tu sais combien je gagne… c'est tout bonnement impossible. »

Il réfléchit un moment. « Tu as sûrement raison, conclut-il. Bon, écoute… si on passait à table ? Je meurs de faim : je vais devenir dangereux si on ne dîne pas très vite. Tiens, reprends du vin. » Il lui remplit à nouveau son verre. « Je peux faire quelque chose ?

– Ça ira. Merci. J'ai presque fini. »

Tiens le coup. Sois courageuse.

Lorsqu'ils furent attablés et eurent commencé à dîner, il la regarda et dit : « Il y a bien une autre solution. »

Elle y avait pensé aussi, évidemment. Elle était malade d'appréhension à présent, espérant qu'il dise ce qu'elle rêvait d'entendre à un point tel qu'elle en paniquait presque, terrifiée par la quasi-certitude qu'il n'en ferait rien.

« Et laquelle ? » Elle écarquillait les yeux, feignant l'innocence. Quelle pouvait bien être cette solution ?

« Il semble que je passe pratiquement tout mon temps libre ici, dit-il, du ton de celui qui émet une remarque tout à fait anodine. Crawford Street ne me sert plus que de garde-robe. »

Jonathan avait un petit appartement sombre dans une maison georgienne de Crawford Street.

Il avala une autre bouchée. « C'est très bon, commenta-t-il.

– Tu disais ?

– Ah, oui. Eh bien, ce serait affreusement dommage de lâcher cet appart. » Nouvelle bouchée. « On a été heureux ici, non ? »

Elle ne dit rien ; elle était trop horrifiée, trop submergée par la peur, la terreur et l'espoir naissant. Il leva les yeux de son assiette, sa fourchette toujours à la main.

« On n'a pas été heureux ? » répéta-t-il. Elle vit alors de l'anxiété, et même de la peur, dans ses yeux à lui.

« Si, confirma-t-elle. Oui, on a été heureux. En tout cas, moi oui. Si toi aussi. » Elle était encore terrorisée par ce qu'il était susceptible de dire ou non.

« Viens là. Tu es trop loin. »

Elle quitta sa chaise pour le rejoindre, et il l'attira sur ses genoux. Il la tint dans ses bras un moment puis il la regarda. « Est-ce que tu crois qu'on pourrait essayer de vivre ensemble ici ? De cohabiter ? Tu serais partante ? »

Elle sourit, incapable de parler. Elle enfouit son visage dans le cou de Jonathan.

« Alors ? insista-t-il. Qu'est-ce que tu en penses ? »

18

Michael Gatling (un parent très éloigné de l'inventeur de la mitrailleuse) revenait d'amener à la gare sa fille Nicola qui repartait pour Londres. Sa femme, Elinor, était encore occupée à laver la vaisselle du thé.

« Je vois pas pourquoi il l'a pas épousée, ça aurait tout simplifié, dit-il en sortant le sherry.

– Il finira par le faire, dit Elinor, dans le cliquetis des tasses. Il fait simplement un petit essai.

– Quel culot. C'est elle qui devrait faire l'essai, si tu veux mon avis. Le toupet de ces mecs.

– En tout cas, dit Elinor, au moins elle pourra garder l'appartement. Il est tellement charmant. Dommage qu'on n'ait pas pu l'aider davantage.

– Bah, fit Michael. Je ne suis qu'un pauvre fonctionnaire. Elle n'avait aucune attente, elle est plus que reconnaissante des cinq mille. Et elle a raison.

– Ah, mon bébé. Ma petite dernière. Tout ça est bien triste, dans un sens.

– Franchement, Nellie, tu dis de sacrées âneries.

C'est les pères qui sont censés être sentimentaux, pas les mères. Tiens, arrête la vaisselle et bois ça. »

Il lui tendit un verre d'amontillado. Elle s'assit. Elle fronçait légèrement les sourcils.

« J'espère de tout cœur qu'ils seront heureux, dit-elle. Il faudra chercher un cadeau de crémaillère, une fois que tout sera réglé.

– Pas la peine, dit Michael. Attends le moment du cadeau de mariage.

– Juste une babiole, insista Elinor. J'irai peut-être à Brighton cette semaine, fouiner dans les brocantes.

– D'accord. Mais rien qu'un tout petit truc. Ils risquent de trouver qu'on leur met la pression, sinon.

– Oh, mais jamais on ne ferait ça. Pas vrai ?

– Pas nous, dit Michael. Pas des progressistes invétérés comme nous. N'empêche, je vois pas pourquoi il ne l'épouse pas, ça simplifierait tout. »

Nicola, retournant à Londres dans un compartiment de seconde classe sur la ligne Brighton-Victoria, était presque ivre de bonheur. Tout s'était passé si vite. Il y a à peine quelques jours elle tenait à la main cette lettre épouvantable, le cœur battant de peur et de désarroi, et voilà que d'une infime rotation du kaléidoscope tous les fragments de sa vie avaient été recombinés pour former un motif différent et plus beau. Jonathan et elle allaient conjointement racheter le bail de l'appartement de Notting Hill ; ils en posséderaient chacun la moitié, car la contribution totale de Nicola prendrait en compte la remise dont elle bénéficiait en tant que locataire occupante. Ses parents y étant si gentiment allés de 5 000 livres, elle devrait réussir sans difficulté à emprunter le reste de sa part à la banque : on pouvait presque entendre le *clic-clic* des pièces qui s'emboîtaient.

« Bon… autant mettre tout de suite mon appart en vente », avait dit Jonathan avant de la quitter, le soir de la lettre. Il allait faire une jolie plus-value sur Crawford Street, qu'il avait acheté au tout début du boom immobilier.

« Attends que j'aie vu mes parents, avait répondu Nicola. Je ne suis pas sûre d'arriver à régler ma part sans leur aide.

– Oh, tout va bien se goupiller », avait assuré Jonathan avec désinvolture.

Il était beaucoup plus riche qu'elle : il pouvait se permettre d'être désinvolte. Mais en effet tout s'était bien goupillé ; c'était presque magique.

« Viens à Crawford Street demain soir après le boulot, dit Jonathan quand elle lui téléphona la bonne nouvelle en rentrant ce soir-là. On décidera quels meubles on veut garder. Puis on pourra sortir dîner. »

Elle y était donc allée ; et leur vie commune avait donc commencé pour de bon.

« Tu es sûre ?

– Évidemment. Ces vieilles armoires en acajou valent une fortune aujourd'hui. Une vraie *armoire**.

– Si tu le dis. Je n'ai pas dû la payer plus de 50 livres.

– Eh bien, tu peux ajouter un zéro aujourd'hui. Minimum.

– Sacré nom d'une pipe.

– Une pipe, vraiment ?

– Nicola ! »

19

Jonathan se chargea de la procédure de transfert, Nicola se débarrassa de ses vieux meubles fatigués, ils firent venir quelqu'un pour poncer et vitrifier le parquet du salon, ils rachetèrent un lit de style Empire magnifique, mais sobre, aux soldes de Liberty, et Jonathan et tous ses biens emménagèrent à Notting Hill. Il déboucha une demi-bouteille de Bollinger et leur servit un verre à chacun, puis en temps voulu un deuxième, avant de balancer la bouteille vide dans la corbeille à papier.

« Et tu n'y auras plus droit tant qu'on n'aura pas fini de peindre cette pièce : c'est bien compris ?

– Oui, maître », dit Nicola. Le bonheur absolu !

« Enfin, Lizzie, où es-tu ?

– Ici, où voudrais-tu que je sois ?

– Ah, très bien.

– Embrasse-moi.

– D'accord. Voilà.

– Tu sens le whisky.

– Bien vu ! Je suis tombé sur Jonathan Finch pile au moment où je quittais le Palais. Il sortait d'une réunion avec Jessop. Le dossier Lloyd's.

– Ah, oui, bien sûr, le dossier Lloyd's. Y en a-t-il seulement un parmi vous qui ne soit pas sur le coup ?

– Non, je ne pense pas. Grâce à la commission, plus de soucis de frais de scolarité au moins jusqu'à la fin du siècle.

– À quelque chose malheur est bon.

– Très juste. Bien, toujours est-il qu'on est allés boire un verre…

– Passionnant.

– Mais si, écoute. J'ai des potins pour toi.

– Je te crois pas. Ce coincé mou du genou de Jonathan ? Je te crois pas.

– Attends un peu. Il n'est plus ni coincé ni mou du genou. Il pète le feu, tu n'imagines pas. Une vraie métamorphose.

– Ah… il aurait découvert ses pouvoirs cachés ?

– C'est tout comme. Il vient d'acheter la moitié d'un appart à Notting Hill.

– Stop ! Plus un mot.

– Écoute, essaie d'être sérieuse. On parle de mon vieux pote Finch. Bon Dieu, on en a vu de toutes les couleurs tous les deux.

– Et si tu veux mon avis, il est resté daltonien.

– Je te demande pas ton avis, j'essaie de t'expliquer. Bon Dieu, il faut une sacrée patience avec toi. Bon alors, qui, d'après toi, possède l'autre moitié de l'appart de Notting Hill susmentionné ?

– Ne me dis pas, laisse-moi deviner.

– Tu ne trouveras jamais, aussi vais-je te le dire. Tu noteras, en passant, mon langage châtié…

– Très bien, je note. Alors, vas-y : qui est le susdit copropriétaire ?

– Une jeune et adorable créature du nom de Nicola Gatling.

– Comme la mitrailleuse.

– Oui, comme la mitrailleuse.

– Comment tu sais qu'elle est adorable ?

– Il m'a montré une photo.

– Il t'a quoi ?

– Une photo. Adorable. Cheveux bruns, visage mince. Intelligent. La trentaine.

– Il avait une *photo* ?

– Oui, pourquoi pas ? Une petite. Dans son portefeuille. »

Lizzie quitta la cuisinière, s'assit et se mit à rire. « Dieu du ciel. C'est du sérieux.

– Bien sûr que oui. Il a acheté l'appart avec elle. Et ils vivent ensemble dans le péché à l'instant où je te parle.

– Comme quoi, tout arrive.

– Exact. Si seulement on pouvait tous garder ça en

tête… ah, au fait, j'ai dit à Jonathan qu'il faudrait qu'il vienne dîner avec elle un de ces soirs…

– Tu es bien sympa, dis donc.

– Enfin bon, j'étais un peu obligé.

– Sans doute.

– Un pas important dans la vie d'un homme.

– Surtout qu'il a mis un temps fou à le franchir.

– Y en a qui sont lents au démarrage. C'est pas leur faute.

– Non, rien n'est jamais la faute de personne. Mais c'est quand même à chacun de prendre ses responsabilités.

– Et il l'a fait.

– Apparemment.

– En tout cas, on va les inviter. Tu n'as pas envie de voir à quoi ressemble cette Nicola ?

– Si. Bien sûr. Tu as le numéro ?

– Non. Mais tu pourrais téléphoner à Jonathan au bureau.

– Note-moi le numéro de son cabinet, je ne m'en souviendrai pas. Sur le calendrier, là. Sauf que je ne pourrai pas avant plusieurs semaines, je croule sous le boulot. » Lizzie était une productrice de télévision indépendante plutôt en vue et pas mal débordée. Mais de temps en temps, comme ce soir, elle préparait le dîner, histoire de décompresser. Elle se leva et se remit aux fourneaux.

« Très bien, dit Alfred, qui était follement curieux de voir la femme en question. Je t'y ferai repenser.

– Tu es un chou, dit Lizzie. Bon, tu ferais mieux de monter en vitesse voir Henrietta, sinon elle dormira. Propose à Marie-Laure de descendre un moment si tu veux.

– Ah, oui, notre petite Harry… Elle a été sage aujourd'hui ?

– À peu près. Guère plus. Paraît-il. Mais c'est mieux que pas du tout.

– Cette gamine a du tempérament, déclara Alfred avec fierté. J'aime les gamines comme ça. » Là-dessus, il monta voir Henrietta, et lui lut *Le Renard et les raisins.*

20

Orientées au sud, les fenêtres du salon donnaient sur une rangée de maisons victoriennes à façade de stuc pareilles à celle qu'ils habitaient et, au-delà, sur la cime des arbres poussant dans les jardins communautaires : on aurait dit, surtout le soir, le décor d'une opérette urbaine. Ils venaient de finir de peindre les murs du salon dans un bleu de ciel d'été, les corniches rehaussées de blanc.

« On est plutôt doués, non ? » commenta Jonathan, qui avait néanmoins décidé d'embaucher un vrai peintre pour faire le plafond.

Ils s'assirent sur le canapé, le canapé d'assez bonne qualité qu'ils avaient acheté une fortune dans une vente aux enchères, et Jonathan déboucha une autre demi-bouteille de champagne.

« Ce serait peut-être bien de s'occuper de la salle de bains.

– Non, dit Nicola. Je suis à sec.

– Laisse-moi te l'offrir, insista Jonathan. Ce sera ton cadeau de Noël.

– Mais Noël n'est pas avant des mois et des mois.
– Un cadeau en avance. »

Ainsi, d'une manière ou d'une autre, l'appartement fut-il considérablement rénové ; le résultat était plutôt réussi, avec cette décontraction élégante très « Notting Hill ». La salle de bains avait bénéficié de ce qui se faisait de mieux et de plus récent en matière de douches, avec robinets et tuyaux étincelants, et cinq jets différents. Le bonheur absolu !

« On fait quelque chose dimanche ?
– Je ne sais pas. On fait quelque chose ?
– Pas si tu crois que non.
– On va demander à Guy. On lui a sans doute promis un truc qu'on aura oublié. Lui s'en souviendra. Guy !
– Qu'est-ce qu'il y a ?
– On a prévu quelque chose pour dimanche ?
– Non, samedi. Skate, vous vous souvenez ?
– Ah, oui. Bien sûr. Tu as raison. Bon, c'est tout, tu peux repartir, si tu veux.
– Non, je vais rester, au cas où vous parleriez d'un truc intéressant.
– Non. On parle simplement de dimanche.
– Quoi, dimanche ?
– Nicola nous propose de venir à Notting Hill déjeuner.
– Pourquoi ?

– Elle veut nous montrer son nouvel appart chicos et l'homme tout aussi chicos qui le partage avec elle.

– Mince alors.

– Donc, comme on ne fait rien d'autre, on va y aller.

– Oh, Susannah, vraiment ?

– Je peux rester à la maison, maman ?

– Oui, vraiment. Non, tu ne peux pas.

– Oh !

– Oh !

– Tu aimes bien Nicola.

– Mais il y a *l'autre.*

– Tu le connais à peine.

– J'ai pas envie de le connaître.

– On ne restera pas longtemps.

– Tu dis ça.

– On verra.

– Je veux pas y aller. Je veux rester ici.

– Tu ne peux pas rester ici tout seul, mon trésor. On fera un truc sympa après. On pourrait aller au ciné. On verra ce qu'il y a comme films.

– Promis ?

– Promis.

– Chouette ! »

21

« Ce n'était pas si terrible que ça, hein ? » dit Susannah.

Le trio roulait de Notting Hill vers South Bank où ils allaient voir *La Croisière du Navigator* selon l'accord préalablement conclu. Le comportement de Guy pendant tout le déjeuner avait été exemplaire ; même les réserves de Geoffrey avaient été levées.

« Les mecs qui proposent un pinard de cette qualité ont toute mon approbation », déclara-t-il. (Il avait sifflé sans lésiner le bordeaux de Jonathan.)

Susannah (au volant) fronça les sourcils mais ne dit rien. Elle abordait Hyde Park Corner.

« Et toi, comment tu l'as trouvé ? demanda-t-elle à Guy.

– Ça va, répondit l'enfant. Il a jamais dû rencontrer quelqu'un de mon âge. Il est assez sympa.

– Je trouve aussi.

– Et son vin est encore plus sympa, ajouta Geoffrey.

– Donc nous sommes tous contents, dit Susannah.

– Surtout Nicola, précisa Geoffrey de manière inattendue.

– Oui, acquiesça Susannah. N'est-ce pas ? Ça me brise presque le cœur de la regarder.

– Pourquoi ça te brise le cœur ? demanda Guy, réellement déconcerté.

– Ah, si je savais. Mais non. »

Ce dialogue de sourds fut interrompu car ils avaient atteint leur destination. Ils se garèrent et se précipitèrent dans le cinéma juste à temps pour acheter les billets et s'installer dans la salle avant que ne commence ce chef-d'œuvre du muet.

Bien plus tard ce soir-là, quand Guy fut couché, Susannah demanda à Geoffrey : « Comment tu l'as trouvé, honnêtement ? Maintenant qu'on l'a bien regardé. »

Geoffrey, qui rattrapait sa lecture des journaux du dimanche – « Bien qu'il n'y ait rien à lire dans ces torchons, à part dans la rubrique Analyse politique » –, leva la tête, l'air perplexe. « Qui ça ? Buster Keaton ? Un génie. Je l'ai toujours dit, non ?

– Pas Buster Keaton, idiot. Je parlais de Jonathan.

– Ah, d'accord. Je vois. Jonathan. Euh, comme j'ai dit, sa cave est excellente. Pour le reste, je ne sais pas trop.

– Allez, fais un effort.

– Qu'est-ce que tu veux que je te dise ? Ce n'est

qu'un juriste de plus, non ? Un de ces crétins bien conventionnels et surpayés qui se la pètent et qui ne veulent surtout pas se mouiller. Pas mon genre, mais c'est pas grave… Je boirai volontiers son pinard chaque fois que l'occasion se présentera.

– Là, vraiment, tu charries ! s'écria Susannah. S'il y a un snobinard étroit d'esprit et bourré de préjugés…

– Ah, vous les filles, la coupa Geoffrey. Vous aimez les richards, pas vrai ?

– Naturellement.

– C'est biologique.

– Qu'est-ce que tu entends par là ?

– Vous êtes programmées pour admirer les hommes qui assurent financièrement. Je ne comprends pas ce que vous fabriquez avec des types comme moi.

– Non, il faudra que j'élucide ce mystère.

– Tu risques d'avoir un choc.

– Je ne serais pas surprise.

– Ah bon, on peut avoir un choc sans être surpris ?

– Oh, la ferme ! »

Elle lui jeta le supplément illustré à la figure et il répliqua avec les pages Culture. Bientôt les journaux étaient dans un état de désordre parfaitement analogue à celui du monde dont leurs articles rendaient compte.

22

« Tiens, qu'est-ce que je t'avais dit ? J'avais raison ou non ?

– Qu'est-ce que tu m'avais dit ?

– La métamorphose. Plus du tout mou du genou. Une jeune et adorable créature. Tous les voyants au vert.

– D'accord, tu avais raison. Jusqu'ici. Même si "jeune" n'est pas tout à fait le mot, elle a presque mon âge.

– Tu es jeune.

– Tu es mignon.

– Tu ouvres enfin les yeux. *Et j'avais raison.*

– Je crois qu'elle est plus intelligente que tu ne le prétendais.

– Oh, intelligente, oui bien sûr, c'est vraiment extraordinaire comme vous êtes toutes intelligentes de nos jours. Ça doit être une mutation.

– Si seulement les hommes pouvaient l'attraper.

– La mutation, ça ne s'attrape pas. Ça survient, c'est tout. Un acte de Dieu.

– Ce brave bon Dieu. On peut dire qu'il a rendu service à Jonathan. J'espère qu'il est reconnaissant.

– Je doute que Jonathan croie en Dieu.

– Dommage.

– Pourquoi ?

– Personne à qui être reconnaissant. Donc pas de reconnaissance. Un vide dangereux, en tout état de cause.

– Je ne crois pas en Dieu non plus, pas plus que toi. Est-ce qu'on souffre d'un vide dangereux ?

– Non, mais nous, ce n'est pas pareil.

– Pourquoi ça ?

– On a Henrietta.

– Ah, oui. Ça, aucun doute.

– Nicola s'est très bien débrouillée avec elle, tu as remarqué ? J'avais pourtant essayé de la mettre au lit avant qu'ils arrivent. En pure perte.

– Qu'est-il advenu de l'obéissance ?

– L'obéissance ? Elle a disparu au même titre que... que quoi, d'ailleurs ? Les corsets, l'huile de foie de morue et ainsi de suite, il y a des années.

– Je trouve ça regrettable.

– Personnellement, je ne vois pas ce que l'huile de foie de morue ou les corsets avaient de bien.

– Et l'obéissance ?

– Le problème, c'est qu'aujourd'hui on est tous trop épuisés pour l'inculquer. L'anarchie est beaucoup plus facile. »

Alfred avait une mine presque sombre, mais soudain son expression s'éclaira. « Elle sera bien obligée de l'apprendre à l'école.

– Oui, dit Lizzie, sûrement. C'est le lieu idéal. C'est d'ailleurs une des missions de l'école.

– De celle où elle va, en tout cas, précisa Alfred.

– Oui, c'est vrai, acquiesça Lizzie. Elle pigera assez vite, d'après mes souvenirs. » L'espace d'un instant, elle eut une mine presque sombre elle aussi. « La pauvre môme.

– Ne dis pas de bêtises. On a tous besoin de quelque chose sur quoi se faire les dents.

– En fait, c'est une enfant plutôt sage, dans l'ensemble. Assez sage, du moins.

– Bon sang, j'espère bien, dit Alfred. Elle aurait vite de mes nouvelles, sinon.

– Je crois qu'elle le sait.

– Tant mieux. »

23

Jonathan revenait en voiture du Gloucestershire. Derrière lui le soleil se couchait, et les bavardages de Radio Four emplissaient l'habitacle. Il avait fait à peu près la moitié du trajet quand il fut pris dans des embouteillages et que les caquetages de la radio devinrent insupportables. Il passa aux cassettes et mit la première sur laquelle il tomba. C'était un livre audio piraté dont il se souvenait vaguement qu'une amie de la BBC l'avait donné à Nicola.

« Ça peut servir pour les longs voyages », lui avait-elle dit en la rangeant dans la boîte à gants.

Le récit commença : une histoire futile de vendeuses dans un grand magasin d'Australie ou de Nouvelle-Zélande, que tracassaient leur utérus, leur penderie et autres espaces vides… Dieu du ciel ! Pas étonnant que les femmes passent leur temps à scruter notre âme ! Elles compensaient leurs propres lacunes congénitales. Peut-être, au fond, n'avaient-elles pas d'âme en propre. Jonathan était tout à fait prêt à envisager cette possibilité. Bien sûr personne ne savait ce qu'était une âme, ni même si une telle chose existait objectivement, mais il ne faisait guère de doute, d'après Jonathan, que l'âme des femmes n'était pas du même ordre que celle des hommes. Jonathan était bien trop accablé et en colère pour avoir les idées claires.

À l'heure du thé le dimanche après-midi il en avait déjà plus qu'assez : les remontrances de son père, les radotages de sa mère, toute l'horreur d'être né de ces deux êtres et d'avoir dû, par conséquent, subir ce qu'il avait subi. Le fardeau de ce souvenir et la souffrance de sa continuation, même maintenant, et aussi longtemps qu'ils vivraient tous. La banalité et la douleur, l'une pas plus supportable que l'autre, et la somme des deux tellement toxique… Il ne voulait pas être Jonathan Finch, or il était condamné à l'être, qu'il le veuille ou non.

Alors qu'il fourrait ses dernières affaires dans son sac, juste avant le thé, sa mère était entrée dans sa chambre.

« Excuse-moi, mon chéri, avait-elle dit. (Son manque d'assurance n'était pas son trait le moins agaçant.) Je me disais juste… regarde… j'ai quelque chose à te montrer… tiens. »

Debout devant la commode, il s'était retourné, brosse à cheveux à la main : « Oui ? C'est quoi ?

– C'est la jolie bague de ton arrière-grand-mère. Je viens de la faire nettoyer. On n'est jamais trop prudent avec ces vieilles montures. Regarde comme elle a été bien rafraîchie... »

Jonathan lui fit la grâce d'examiner le bijou. Ce genre de choses ne l'intéressaient pas, mais, même à ses yeux, la bague était splendide : un rubis sang de pigeon entouré de diamants.

« Oui, dit-il. Elle est belle. »

Sophie chercha les mots qui convenaient. « Je ne l'ai jamais portée. Je ne sais pas pourquoi, les rubis ne sont pas ma pierre. Je n'ai pas la carnation qu'il faut. »

C'était vrai. Sa mère, comme Jonathan et sa sœur, Clarissa, avait le teint très clair.

« Issa me tanne depuis des années pour que je la lui donne, reprit-elle, mais j'ai toujours eu l'intention de te la donner à toi comme bague de fiançailles pour celle que tu décideras d'épouser. Enfin, si tu en veux. Si tu penses qu'elle l'aimera. Je me disais justement l'autre jour : Oups, et si Jonathan allait faire sa demande et acheter une bague sans savoir que je comptais lui donner celle-là ? Ce serait complètement idiot, non ? J'aurais dû te la proposer il y a des années ! Je suis vraiment cruche. Enfin, il n'est pas trop tard, j'espère. Tiens, mon chéri. S'il te plaît prends-la. Ou bien je peux la garder pour toi, si tu préfères. Du moment que tu sais qu'elle est là. Je ferai ajouter un codicille à mon testament pour qu'elle te revienne de toute façon, au cas où il m'arriverait quelque chose avant que tu te fiances. C'est une pierre magnifique, tu sais, les rubis sang de pigeon sont très rares, et la monture bien sûr est très ancienne, la bague vaut une petite fortune, j'ai été étonnée... je suis sûre que n'importe quelle fille l'adorerait. »

Jonathan en aurait pleuré. L'agacement – sinon l'hostilité –, la contrariété, le chagrin, la honte, la culpabilité, la gratitude et, aussi, l'amour, impuissant, inarticulé, infini, tous ces sentiments s'entrechoquaient dans son cœur malheureux. Il contempla la bague, qui gisait toujours, innocente, invulnérable, dans le creux de la main tendue de sa mère.

« Merci. » Il leva la tête vers elle. Il avait les larmes aux yeux. « C'est vraiment... », mais il ne put continuer. Il avait peur de pleurer, et il était furieux, furieux d'avoir envie de pleurer, furieux contre lui-même, furieux contre la vie, qui pouvait vous jouer des tours pareils.

« Ce n'est rien, s'empressa de dire Sophie, ce n'est rien du tout. J'ai toujours prévu que tu l'aies. Tu veux que je te la garde ici ? Elle est sur l'assurance, tu n'aurais pas à t'inquiéter.

– Oui, dit Jonathan, ses larmes à présent réprimées. S'il te plaît. Ce serait vraiment gentil.

– Oh, ce n'est rien. Ça me fait plaisir. »

Il était inutile de préciser comment il pourrait la récompenser de sa gentillesse... Jonathan éprouva un regain d'angoisse et de culpabilité, car il savait que la récompense en question n'était pas pour demain. La bague risquait de rester là à étinceler dans l'obscurité pendant des années, voire des décennies, jusqu'à ce que le bijou, à la mort de sa mère, lui revienne, à la manière d'un pigeon voyageur. Il se rappela soudain un autre détail à propos des pigeons. Ils s'accouplaient, paraît-il, pour la vie.

Plus tard, avec le thé et tous les *malheurs** qui l'accompagnaient – « Reprends donc un scone, allez. Je les ai faits exprès pour toi »... « J'imagine que tu es bien trop occupé à Londres pour venir plus souvent... tu as évidemment mieux à faire de tes samedis que de jouer au cricket, merde, pourquoi t'enquiquiner ? L'équipe du village peut bien aller se faire voir, on s'en balance... Tu préfères sans doute "soulever de la fonte", c'est bien comme ça qu'on dit, dans une espèce d'immonde gymnase, avec tout un tas de Noirs, et de bonnes femmes en justaucorps argenté. Je dirai à Anstruther qu'il peut faire une croix sur toi cette saison, ou même définitivement. *Sic transit, sic transit...* merde, tout le monde s'en balance... » –, bref, avec toutes ces chicaneries, Jonathan se trouva délivré du malaise qu'avait suscité en lui le cadeau de sa mère. Au moment de s'en aller – « Tu repars pour Londres, alors ? Mieux vaut pour toi que pour moi ! » –, il souffrait simplement des symptômes habituels. La gloucestershirite, comme il l'appelait, avec Issa (avant que sa sœur et lui ne s'éloignent très lentement, mais en définitive, très sûrement, l'un de l'autre). Au fil des ans, l'allergie était devenue plus virulente et plus intense ; à l'époque ce n'était qu'un mauvais rhume, mais aujourd'hui c'était une vraie grippe.

Il était déjà loin du comté quand il s'aperçut que, bien sûr, sa mère, en lui montrant, puis en lui offrant la bague, s'était débrouillée une fois encore – était-ce son but ? – pour scruter son âme, sans toutefois réussir à la sonder.

Alors même qu'il venait de mettre le contact, elle avait tambouriné comme une folle à sa vitre. « Attends ! avait-elle crié. J'ai failli oublier. Attends ! »

Elle s'était précipitée dans la maison puis, revenant avec un sac en plastique, lui avait fait signe de baisser sa vitre.

« De la marmelade. Pour Nicola. Tu l'embrasseras, bien sûr. Oui, je sais que tu n'aimes plus la marmelade, mais je suis sûre qu'elle en voudra bien. Elle est tellement meilleure quand elle est faite maison. Tiens ! »

De la marmelade, pour Nicola. Avec un peu de chance, quand il reviendrait à l'appartement, si ce n'est longtemps avant, elle aurait déguerpi.

24

« Je trouve ça un peu gonflé de la part de Jonathan de te demander de quitter cet appart, déclara Lizzie. Tu étais là avant lui.

– Il a quand même dit que je pouvais lui racheter sa part si je voulais, objecta Nicola d'un ton malheureux. Sauf que je n'ai pas les moyens.

– Justement ! s'écria Lizzie. Et il le sait très bien. »

Nicola baissa les yeux sur le tapis. Il avait encore besoin d'être shampouiné : elle pourrait peut-être s'en occuper le week-end prochain. Soudain elle se souvint ; sa détresse redoubla.

« Le fait est qu'on n'avait absolument pas – en tout cas moi – prévu cette situation quand on l'a acheté. Je ne risquais pas ! Je nous voyais y vivre heureux à tout jamais, du moins jusqu'à ce qu'il devienne trop petit. »

Ô rêves oiseux ! Mariage, enfants, maison de quatre chambres dans un quartier légèrement meilleur marché : voilà le seul changement que Nicola avait jamais prévu.

« Ou-i-i, fit Lizzie. Bien sûr. »

Il n'était pas évident de continuer. Nicola était trop gentille ; c'était à ses amis d'être durs à sa place.

« Je veux bien que tu l'aimes encore, cet ignoble porc, au point de te plier à tous ses caprices, jusqu'à celui consistant à t'envoyer paître ; mais je ne vois vraiment pas pourquoi tu devrais te démener pour lui. C'est très noble et généreux de la part de Susannah de te proposer un toit provisoire, et je comprends que ça aurait de la gueule, d'une certaine façon, de disparaître de la vue faussée de Jonathan sans plus de cérémonie. Mais si j'étais toi je resterais exactement où je suis aussi longtemps que ça m'arrangerait. Il campera peut-être sur ses positions, mais il ne peut pas te mettre dehors. Autant que je sache, il faudrait qu'il t'attaque en justice, et tu peux être sûre qu'il ne tient pas à faire ça. »

Aucune de ces considérations n'avait auparavant effleuré Nicola ; elles modifiaient complètement le tableau. Elle fixa du regard la cheminée sans feu.

« En justice, répéta-t-elle, songeuse. Il ferait vraiment ça ?

– Je viens de te dire que non, s'il peut l'éviter. C'est pour ça, tu devrais prendre tout le temps que tu veux. Si vous en venez en effet à la séparation. » Elle prit la main de Nicola. « Écoute… n'y pense pas tant que tu n'y es pas réellement obligée. Et en attendant, reste ici. Jonathan n'a absolument pas le droit de t'ordonner de vider les lieux comme ça, c'est un fait. Bien sûr ce ne sera pas idéal, mais c'est son problème. Je suppose qu'il a migré dans la chambre d'ami ? Eh bien, j'espère que le lit est foutrement inconfortable.

– Il est un peu dur, confirma Nicola avec tristesse.

– Parfait ! Pas de couverture électrique non plus, j'espère ?

– Non. Il y a une bouillotte. Mais ça m'étonnerait qu'il s'en serve.

– Ah, j'adore imaginer Jonathan sur un lit bien dur avec une bouillotte pour seule compagnie. Elle ne fuirait pas, par hasard ?

– Je ne crois pas.

– On peut y remédier. Où est-elle ?

– Oh, non, ne fais pas ça ! s'écria Nicola, avant de comprendre que Lizzie ne parlait pas sérieusement. Oh, Lizzie, geignit-elle. Tu me taquines. Tu me trouves stupide, hein ?

– Je sais que tu ne l'es pas. Mais je te trouve trop bonne. »

Nicola avait l'air désespérée.

« Tout finira par s'arranger, se surprit à dire Lizzie. Tu verras. Je t'assure. »

Enfin, pourquoi je dis ça ? Elle s'en voulait de dire une chose qu'elle ne pensait pas une seule seconde.

« Mais quoi que tu fasses, enchaîna-t-elle, arrête, par pitié, de repasser ses putains de chemises. Promis ? »

Nicola regarda à nouveau le tapis d'un air malheureux, puis Lizzie.

« J'essaierai, dit-elle. J'essaierai.

– Tu es indécrottable. Un cas désespéré. D'où tu sors ? D'un orphelinat du XIXe ?

– Non. Je n'ai même pas cette excuse.

– Ma pauvre chérie. Viens dans mes bras. Là. Tout finira par s'arranger, tu verras. »

Comment pouvait-elle dire ça ? Oh Seigneur.

« Et maintenant il faut vraiment que je file. Il est l'heure que j'aille récupérer Henrietta chez les Carrington. Tu te souviens, tu les as rencontrés ? Elle est allée jouer avec Fergus. Ils sont cousins ; Louisa est la demi-sœur d'Alf. Enfin bon, en tout cas, je t'appelle. Mais toi tu téléphones quand tu veux… tu as bien mon numéro au boulot ? Et par pitié, je t'en supplie, ne repasse plus ses foutues chemises. »

25

Nicola repassait les chemises de Jonathan, et elle réfléchissait. Elle cherchait à se souvenir ; elle se torturait les méninges ; elle essayait de toutes ses forces de se remémorer le passé et de discerner la vérité.

Il y avait eu ces moments de légère inquiétude qui auraient dû l'alerter sur un plus grand danger à venir. Mais elle n'avait pas été alertée ; elle avait écarté les indices car ils n'avaient aucun sens. C'étaient des anomalies dans l'histoire telle qu'elle la concevait : telle qu'elle avait cru (ou s'était persuadée) que Jonathan le concevait aussi. Pourtant, oui, il y avait eu des moments où Jonathan – épuisé, s'était-elle dit, surmené ; car, c'était vrai, il travaillait très dur ; c'était un juriste ambitieux approchant le milieu de carrière ; il passait presque toutes ses heures de veille à dénouer des nœuds gordiens, puis, avec une infinie concentration, à en nouer d'autres – il y avait eu des moments où Jonathan, oui, la dévisageait comme pour dire : qui es-tu ? que fais-tu ici ? Des moments où il semblait non seulement ne pas la connaître, mais ne pas avoir envie de la connaître. Des moments où la lumière dans laquelle ils baignaient se trouvait tout à coup occultée, et où la solidité de leur univers n'était plus qu'une imposture. Des moments où elle se rendait bien compte qu'ils étaient deux étrangers apeurés.

Dans ces cas-là elle se levait, s'en allait, s'activait dans une autre pièce ; elle faisait comme si rien ne clochait, absolument rien, et pourtant, elle avait beau se voiler la face, elle était tenaillée par l'angoisse ; elle était saisie d'un noir et mystérieux effroi. Passé cette frayeur – aucun doute ! – rien, après tout, ne clochait, absolument rien. Jonathan la rejoignait le plus naturellement du monde : allons, qu'est-ce que tu fabriques ? Tu feras ça une autre fois… viens regarder *Forty Minutes*… viens faire un tour… allons voir ce film à l'Electric… Nicola, où es-tu ?

Nicola n'avait rien décrit de ces affres à Lizzie ni même à Susannah : ce n'était pas un phénomène facile à décrire, même pour soi. Et elle aurait eu encore plus de mal à décrire ou simplement à évoquer cette scène d'il y a quelques mois, une scène qui était peut-être insignifiante, après tout, dérisoire, plus proche d'un interlude, et cependant – prouesse scénique extraordinaire – troublante, glaçante : une scène qui l'avait laissée plus réellement, plus profondément, dans l'effroi, et plus résolument déterminée à faire front, avec vaillance. Car enfin, après tout, n'est-ce pas, rien ne clochait.

Jonathan, assis dans le lit, lisait un livre et l'attendait : elle était encore occupée à sa coiffeuse. Elle portait sa chemise de nuit de satin blanc : voyez-vous, elle se rappelait chaque détail très clairement... Encore un cadeau de Jonathan.

C'était l'heure où, juste avant de se coucher, elle prenait la pilule. Elle regardait la plaquette tout en parlant. Elle avait annoncé : Je vais devoir arrêter de la prendre dans environ six mois. Il avait demandé : Ah bon, pourquoi ? Elle avait répondu : On doit arrêter au bout d'un moment et choisir une autre contraception, sinon il y a des risques. Tu veux que je fasse quelque chose ? avait-il proposé, et elle avait dit non, après tout, il n'y a aucune méthode vraiment acceptable pour les hommes. Quelles solutions on a ? avait-il demandé. C'est là que ça devient un peu délicat, avait-elle répondu, avant de lui expliquer les autres solutions et en quoi chacune était délicate. Ce qui, avait-elle conclu, nous laisse uniquement la méthode catholique. Mais on n'est pas catholiques, avait-il objecté. Elle avait ri. En fait, avait-elle ajouté, dans les couples catholiques que je connais, aucun n'utilise cette méthode. À moins de vouloir des enfants. « Ah, avait-il dit. Eh bien, comme on ne veut pas d'enfants, mieux vaudra choisir une des autres méthodes. » Et il s'était replongé dans son livre.

Elle se sentait froide comme l'acier en se mettant au lit ; son cœur était gelé. Il avait posé son livre et éteint la lampe et ils étaient restés étendus silencieux dans le noir. Il ne me touchera pas. D'ailleurs, je ne veux pas qu'il me touche. Au bout d'un moment il avait tendu la main et très lentement, très délicatement, avait commencé à défaire les nœuds qui tenaient les bretelles de sa chemise de nuit de satin blanc, et puis très lentement, très délicatement, il avait commencé, comme si rien ne clochait, à lui faire l'amour. Et au bout d'un moment, rien, pour l'heure, peut-être absolument rien, en effet, ne clochait.

26

« Qu'est-ce que tu fabriques là-dedans ?

– J'essaie de faire un peu de place dans ce placard.

– Pourquoi ?

– Pour Nicola. Au cas où elle viendrait habiter ici quelque temps.

– Oh, Seigneur. Elle ne pourra pas laisser ses affaires par terre comme tout le monde ?

– Non, bien sûr que non. Regarde, si j'enlève ces étagères, et que tu installes une tringle, elle pourra utiliser ce placard pour suspendre ses vêtements.

– Qui dit que je vais installer une tringle ?

– Dieu le dit. J'en achèterai une demain et tu pourras l'installer quand tu reviendras de l'IUT.

– De la *fac*, tu veux dire. Si ça se trouve, elle ne viendra même pas. Une tringle gaspillée et, pire, une perte de temps pour moi.

– Non, ce sera super commode quoi qu'il arrive. Quant à tout ce bazar… il nous reste de ces caisses en bois qu'on avait ?

– Tu parles des caisses de vin ? Il y en a peut-être encore deux, trois sous l'escalier.

– Tu pourrais être un chou et aller regarder ? Comme ça, je pourrai ranger tout ce bric-à-brac et on sera fin prêts.

– Oh, Seigneur.

– Tu serais privé de parole sans le Seigneur, on dirait...

– Comme nous tous. L'ensemble de la création vient de Lui. *Au commencement était le Verbe, et le Verbe était auprès de Dieu, et le Verbe était Dieu.*

– C'est-y pas beau.

– Oui, et puisque beauté est vérité, et vérité est beauté, c'est donc également *vrai.*

– Si tu pouvais juste aller me chercher ces caisses. Et je vais dégoter des draps. Je vais devoir piocher dans ceux de Guy.

– Double, double, peine et trouble. Feu, brûle, et chaudron, bouillonne !

– Je vais juste passer un coup de fil à Nicola en vitesse pour m'assurer qu'elle va bien.

– Dis, ce soir, on est censés manger quelque chose ou tu es trop occupée avec Nicola ?

– Il y a des saucisses dans le frigo. Quand tu m'auras trouvé ces caisses, tu pourras peut-être les sortir et les mettre à griller. Je serai là dans une minute. » Susannah décrocha le combiné et Geoffrey, avec un air de résignation impuissante, quitta la pièce.

Dix minutes plus tard elle entrait dans la cuisine.

« Bon, tout va bien, dit-elle.

– Quoi donc ?

– Nicola.

– Ah, ça s'est arrangé, alors ? Parfait. On n'a pas à s'embêter avec cette tringle.

– Non, ça ne s'est pas *arrangé*. Elle ne l'a pas encore vu, il n'est pas encore rentré de la campagne. Mais elle semble penser qu'elle ferait mieux de rester là au moins encore quelques jours.

– Elle a raison.

– Moi je partirais.

– Elle n'a pas ton orgueil et ta fougue. Enfin bon, du moment qu'on n'a pas à s'embêter avec cette tringle…

– Si. Elle pourrait changer d'avis. Elle va sûrement changer d'avis. Elle pourrait tout à coup faire preuve d'orgueil et de fougue : en fait, j'espère qu'elle va changer d'avis. »

Ils furent interrompus par Guy.

« J'ai faim.

– Je m'occupe du dîner tout de suite.

– On peut avoir des frites ?

– Regarde dans le freezer s'il y en a. »

Il y en avait. Susannah alluma le four.

« Je voudrais apprendre à monter à cheval, dit Guy, pour la énième fois.

– Il faudra que je vérifie si on peut se le permettre, répondit Susannah.

– T'as déjà dit ça, mais tu l'as pas fait.

– Je vais le faire. Je vais le noter dans mon agenda.

– On n'a sans doute pas les moyens, dit Geoffrey.

– Ça ne coûte pas très cher », protesta Guy d'une petite voix.

Susannah prit alors plus ou moins la décision que, quoi qu'il en coûte, Guy apprendrait à monter à cheval. Ce serait comme ça et pas autrement.

27

Jonathan leva brièvement les yeux vers les fenêtres du salon et vit de la lumière. Donc elle était toujours là. S'armant de courage, il traversa la rue et monta l'escalier jusqu'au deuxième étage.

Nicola était sur le point de se servir de la soupe en boîte lorsqu'elle entendit la clé de Jonathan tourner dans la serrure. Elle attendit – terrifiée – son entrée ; l'instant d'après, il était devant elle à la porte de la cuisine.

« Bonjour. »

Jonathan haussa presque imperceptiblement les épaules. « Je n'étais pas sûr que tu serais toujours là, dit-il.

– Où voudrais-tu que je sois ? »

Il haussa à nouveau les épaules et se détourna.

« Tu veux de la soupe ?

– Il y en a assez ?

– Je vais juste refaire des toasts. »

Il s'assit comme à contrecœur et elle posa la soupe

devant lui avant de s'asseoir à son tour. Il s'empara de la cuillère et goûta sans conviction. De la crème de céleri.

Maintenant qu'il était là, à manger sa soupe sans rien dire, Nicola comprit qu'il était encore moins capable qu'elle de gérer le malaise de leur situation. Sa peur diminua et elle commença à éprouver une sorte de pitié.

Au bout d'un moment : « J'espérais, dit-elle prudemment, qu'on pourrait parler.

– Parler ? De quoi ?

– De ce qui s'est passé. De cette décision à laquelle tu es arrivé. J'espérais que tu serais peut-être prêt à t'expliquer. »

Il y eut un silence, et elle sentit vaguement que la détresse responsable de sa terrible annonce de jeudi soir avait engendré un épais brouillard qui obscurcissait tous les sentiers pouvant mener à des éclaircissements : le simple fait qu'il ait agi et parlé de cette manière dénotait une incapacité à former tout autre type de discours. L'épais brouillard semblait s'insinuer dans ses pores à elle ; bientôt elle serait aussi paralysée que lui. Pour l'amour du ciel, mais qu'est-ce qu'il avait donc ?

« Je te l'ai dit : il n'y a rien à expliquer, en dehors de ce que je t'ai déjà dit. »

Là, elle aurait pu se mettre en colère ; mais peut-être parce qu'elle était si exténuée, si épuisée par l'angoisse, la peur et un sommeil en pointillé, elle ne ressentait qu'une sorte d'impatience, et toujours cette vague pitié. Et puis, de toute façon, rien de ce qu'elle aurait pu faire ou dire n'aurait entamé la mauvaise volonté de Jonathan.

« Ce n'est pas suffisant, Jonathan, dit-elle d'un ton très grave. Vraiment, ce n'est pas suffisant. »

Il réfléchit. « Il faudra pourtant que ça suffise. C'est tout ce que j'ai à t'offrir.

– Eh bien, on verra ça. » Soudain son impatience éclata. « On verra, si c'est tout ce que tu as à m'offrir. Je serai ici au minimum jusqu'à la fin de la semaine, que ça te plaise ou non, alors je suppose qu'on se croisera de temps en temps, sinon tous les matins et tous les soirs. Tu découvriras peut-être que tu as d'autres choses à me dire, finalement… je l'espère pour toi. Si ce n'est pas le cas, alors bon débarras, parce qu'on t'a sans doute fait une greffe du cerveau, et j'espère qu'elle ne t'a pas coûté cher parce que tu t'es bien fait avoir. J'irais voir la Répression des fraudes à ta place. »

Oh, si seulement Susannah l'avait entendue ! Ou Lizzie. Ou, mieux, les deux. Ce qu'elles l'auraient applaudie ! En l'occurrence, Nicola s'applaudissait toute seule. Elle venait d'accomplir un exploit. Alléluia !

Jonathan était abasourdi. Le regard totalement incrédule, il restait sans voix. Nicola se leva et mit la vaisselle sale dans l'évier.

« Pourrais-tu mettre tous tes vêtements dans le placard de la chambre d'ami, avec les autres bricoles de la chambre dont tu pourrais avoir besoin ? demanda-t-elle. Histoire que tu ne me déranges pas plus que nécessaire. Tant que je serai ici, je me débrouillerai pour t'éviter, sans en rajouter, naturellement. Tu pourrais peut-être t'occuper de tes fringues tout de suite… je voudrais me coucher tôt. »

Toujours sans voix, Jonathan se leva d'un bond et quitta maladroitement la pièce ; Nicola, apercevant son expression hébétée tandis qu'il s'éclipsait, fut à deux doigts de courir vers lui pour le serrer dans ses bras et le consoler. Mon amour, qu'est-ce qui ne va pas ? aurait-elle pu dire. Mais cela n'aurait servi à rien : la perplexité sur ses traits était démentie par la froideur meurtrière qui, à l'évidence, étreignait encore son cœur. Elle préféra se tourner vers l'évier et commença à faire la vaisselle.

28

Il avait reparu sur le seuil ; il eut un geste gêné. Il avait encore du mal à s'adresser à elle.

« J'ai... j'ai déménagé mes affaires. La voie est libre. »

On aurait cru que c'était elle qui lui avait demandé de partir.

« Bien, dit-elle. J'ai fait du thé, tu en veux ? »

Il entra et s'assit à nouveau. Il avait un sac en plastique qu'il posa sur la table.

« Ma mère t'envoie ça.

– Ah ?

– Je crois que c'est de la marmelade. De la dernière fournée.

– Comme c'est gentil, dit Nicola, ouvrant le sac. Tu ne leur as pas dit, alors ?

– Dit quoi ?

– Que nous ne sommes plus en mode partage de marmelade. Que tu m'as donné mon congé. Que je ne fais plus partie de leur vie. »

Allons, pas la peine de charger la mule.

« J'ai jugé préférable d'attendre que…

– Ah, oui. Que je sois vraiment partie. Très prudent de ta part. En attendant j'ai droit à de la marmelade. Ça sent le faux-semblant, mais bon. Il faudra que je pense à l'emporter quand je m'en irai. »

Elle regarda à l'intérieur du sac en plastique. Il contenait autre chose, enveloppé dans du papier journal à l'aspect humide. Elle sortit l'objet… un paquet mal fichu tout léger en forme de cône.

« C'est quoi ? demanda-t-elle.

– Je ne sais pas. Elle n'a parlé de rien d'autre… ça s'est passé à la dernière minute, au moment où je partais. »

Déballant le journal humide, Nicola découvrit un exquis petit bouquet composé des premières fleurs du printemps, le genre de bouquet que seule une femme possédant un jardin est susceptible d'assembler, bien plus joli que ce que pourrait créer même un excellent fleuriste. Elle s'assit et le contempla un moment, puis entreprit de retirer le papier mouillé qui entourait les tiges.

« Vraiment ravissant. Ta mère est décidément adorable. »

Jonathan se leva brusquement « Si tu veux bien m'excuser, j'ai des dossiers à regarder avant demain.

– Vas-y. *Je t'en prie.* Au fait, à quelle heure vient l'agent immobilier demain matin ?

– Neuf heures.
– Bon, je te laisse, alors.
– Très bien.
– Bonne nuit.
– Euh… bonne nuit. »

Elle mit les fleurs dans l'eau et alla se coucher. Ces trois jours avaient été longs, et sous son attitude de défi se cachait une douleur qui allait sûrement être aussi tenace qu'effrayante.

29

« Tu étais où pendant tout ce temps ?
– Allée chercher Henrietta.
– Tu es partie depuis des lustres.
– Je suis restée boire un verre avec Louisa.
– Oui, mais n'empêche.
– Ravie de t'avoir manqué.
– Je ne trouvais pas le machin.
– Mon pauvre.
– Tu as filé avant l'heure du thé.
– Ah, oui, bon, je suis passée voir Nicola.
– Nicola ? Pourquoi ça ?
– Je t'expliquerai plus tard. Je dois donner le bain à Henrietta.
– Pourquoi c'est pas Marie-Laure qui me donne le bain ?
– Devine.
– Elle a mal quelque part.
– Non.
– Elle s'est perdue.

– Non.
– Elle est allée à son cours d'anglais.
– Non, andouille, pas un dimanche. C'est son jour de libre.
– Quand est-ce qu'elle revient ?
– Tu seras couchée.
– Je vais l'attendre.
– Pas question. Elle va rentrer très tard.
– Fergus a le droit de se coucher tard. Fergus se couche à minuit tous les soirs.
– Ah oui ?
– C'est vrai, il me l'a dit.
– Ce bon vieux Fergus. Allez ouste, on sort.
– Maman.
– Oui.
– Pourquoi je dois être sage ?
– On doit tous être sages.
– Pourquoi ?
– Il y a une raison, mais je l'ai oubliée.
– Vient'en-sous.
– J'essaierai. Papa s'en souviendra... demande-lui à lui. Maintenant, vite, en chemise de nuit. Robe de chambre. Chaussons. Très bien, bravo ! »

Henrietta dînait à la table de la cuisine.

« Papa.
– Oui ?
– Pourquoi je dois être sage ?
– Demande à maman.

– Elle a oublié. Elle a dit de te demander.

– Ah. Laisse-moi réfléchir. Ah, oui. Parce que…

– Parce que quoi ?

– Je n'achète pas de glaces aux filles pas sages. »

Henrietta réfléchit un moment. « Quand je serai grande, j'aurai plus besoin d'être sage, parce que j'aurai mon argent à moi et que je pourrai m'acheter mes glaces toute seule. Je serai pas sage, et je m'achèterai mes glaces toute seule.

– Ça m'a l'air assez raisonnable, déclara Alfred. Mais en attendant, tu vas devoir être sage, c'est compris ?

– D'accord, fit Henrietta à contrecœur. Mais seulement jusqu'à ce que je sois grande. »

Peu après cet échange elle alla se coucher, Alfred lui lut un passage de *Winnie l'Ourson*, et elle s'endormit au moment où Grand Gourou…

30

« Pourquoi tu es allée voir Nicola ?

– Parce qu'elle est triste.

– Pourquoi ?

– Ne le répète à personne. Je ne devrais sans doute même pas te le dire.

– Allez, balance.

– Euh…

– Accouche.

– Jonathan se déballonne.

– Qu'est-ce que tu veux dire ?

– Ce fumier de Jonathan a viré Nicola.

– Il a quoi ?

– Il veut lui racheter sa part. La fête est finie. Il l'a plaquée.

– Il était là ?

– Non, bien sûr que non. Il lui a assené le coup, puis il s'est tiré presque tout de suite chez ses parents pour le week-end. Elle espère le raisonner, mais c'est mal barré, tu ne crois pas ?

– Fumier de Jonathan. C'est vraiment malheureux.
– Oui, je suis bien d'accord.
– Je croyais leur couple indestructible.
– Oui, naturellement.
– C'est embêtant, non ?
– Très.
– Je pensais qu'elle était son salut.
– Peut-être qu'il ne veut pas être sauvé.
– Ou bien il ne croit pas qu'elle puisse le sauver.
– Peut-être qu'elle ne peut pas, d'ailleurs.
– Qui sait ?
– Dieu seul. Comme d'habitude. En tout cas, ils ne viendront pas au cottage à Pâques, alors je me suis dit qu'on pourrait emmener Fergus.
– Oh, Seigneur, il faut vraiment ?
– Oui, Louisa n'est pas en forme du tout ; elle et Robert seront contents de pouvoir souffler un peu. Et puis, ce sera bien pour Harry d'avoir un gamin avec qui jouer.
– Bon, on n'a plus qu'à serrer les dents, alors. »
Et ils n'y manquèrent pas.

31

Sous les draps, Nicola était recroquevillée autour de sa douleur, se faisant mille reproches.

Elle se reprochait de ne pas avoir opposé à la froideur détachée de Jonathan les larmes et les cris qui auraient exprimé ses véritables sentiments. Elle se reprochait les petits sarcasmes mesquins qui avaient été son seul mode d'attaque... elle s'en voulait car, même si ces piques avaient atteint leur cible dérisoire, l'orgueil blessé qu'elles reflétaient était – ou aurait dû être – le cadet de ses soucis. Elle trouvait que la blessure que Jonathan avait infligée à son cœur (son cœur aimant, confiant et fidèle) était plus grave et plus honorable que celle causée à son amour-propre. Elle supposait que les deux pouvaient être distinguées, et avait choisi de ne rien lui montrer de la douleur réelle qu'elle éprouvait. Face à son indifférence à toute épreuve, elle avait en apparence été aussi mutique et froide que lui. Cette froideur mutique, elle se la reprochait. Jamais auparavant elle n'avait été aussi clairement confrontée à la difficulté, à la quasi-impossibilité, de parler franchement à un interlocuteur qui refusait d'entendre, or elle savait qu'il fallait malgré tout essayer, et jusqu'ici elle n'avait même pas tenté le coup. Elle se jura d'essayer le lendemain et, malheureuse, le cap des larmes à présent dépassé, elle finit par s'endormir.

Elle quitta l'appartement lundi matin bien avant son heure habituelle, et quand elle arriva à Fitzrovia, où elle travaillait, elle trouva une table libre dans un café. Elle commanda un grand café filtre avec un croissant. (Hugh aurait jubilé : qu'est-ce qu'il avait dit ? Dans le mille !) Elle mangea le croissant très lentement puis elle fuma une cigarette. Elle ferait peut-être ça tous les matins désormais. Elle était libre de faire comme bon lui semblait, désormais, presque quand bon lui semblait. Plus besoin de penser du tout à Jonathan. Elle était libre, elle était horriblement, abominablement, libre. Était-ce, en fait, ce que Jonathan voulait pour lui-même ? Cette liberté, cette horrible, cette abominable liberté ? Elle se jura de le découvrir. Elle en aurait le cœur net.

Jonathan ne revint à l'appartement ce soir-là qu'à neuf heures passées. On pouvait penser qu'il avait dîné ailleurs.

Nicola était dans le salon. « Jonathan, appela-t-elle en l'entendant entrer. Tu peux venir ? J'ai à te parler. » Il ne percevrait sûrement pas l'ironie de la requête...

Jonathan s'immobilisa, comme elle l'avait fait, à la porte du salon, la mine non pas étonnée mais tirée et fatiguée. « Qu'est-ce qu'il y a ? » demanda-t-il.

Elle se leva. « Entre. Assieds-toi. »

Il entra dans la pièce avec des pieds de plomb.

« Assieds-toi, répéta-t-elle. N'aggrave pas encore les choses. »

Il s'assit. « Qu'est-ce que tu veux ? demanda-t-il.

– La vérité.

– Je te l'ai déjà dite. » Il eut un léger mouvement comme pour se lever.

« Toute la vérité, insista-t-elle. Dans le détail. Il faut que je sache.

– Ça ne sert à rien. Je t'assure, je n'ai rien de plus à te dire. Je regrette, j'aimerais bien. J'aimerais satisfaire ta curiosité, mais je ne peux pas. Il n'y a rien de plus à savoir. Je vais te parler aussi simplement que possible. Je suis désolé que tu trouves ça si difficile à comprendre, mais je ne veux plus vivre avec toi. Cette relation ne nous mène nulle part. Je ne t'aime pas. »

Là, elle resta interdite ; elle se sentit défaillir. Il avait prononcé les mots fatidiques. Un silence noir l'enveloppa. Elle s'assit : elle défaillait.

« Je suis désolé, dit-il. Mais c'est la vérité. Tu l'as réclamée. Ah, au fait, l'agent immobilier est venu... ils vont envoyer une estimation écrite, elle devrait arriver demain ou après-demain, et on pourra s'y mettre. En attendant, si tu n'as pas d'autres questions, je vais te laisser… j'ai du boulot.

– Est-ce que tu te rappelles quand tu m'as fait l'amour pour la dernière fois ? fit Nicola, aux abois. Est-ce que tu te rappelles quand c'était ? »

Il haussa les épaules avec dédain et fit une grimace ; la question était non seulement déplacée, mais de mauvais goût.

« Moi je me rappelle, reprit-elle. C'était il y a seulement une semaine. Lundi dernier. Trois jours avant que tu m'envoies balader. Autrement dit, en l'espace de trois jours, juste trois jours…

– Bah, fit Jonathan. Ça, ça ne veut rien dire. Le sexe. Ça n'a rien à voir. Ça ne veut absolument rien dire. Ça n'a aucun rapport avec l'amour. »

L'important – ça au moins elle l'avait compris –, c'était de ne pas s'éloigner du cœur du sujet, ne pas laisser la surprise ou la colère la distraire du point essentiel qu'elle comptait et devait approfondir.

« Tu ne parles pas sérieusement, dit-elle. Ce n'est pas possible, tu ne parles pas sérieusement. »

Il haussa à nouveau les épaules, comme pour dire, si tu y tiens ; crois ce que tu veux ; moi je sais ce que je pense.

« Tu as dû oublier… », dit-elle. Sa voix se fit plus aiguë. « Ça a toujours été ça, le truc : ça a tout à voir avec l'amour. Tu ne peux pas avoir oublié, ce n'est pas possible. »

Il ne disait toujours rien ; il détourna même la tête, impatient de s'en aller.

32

Ça avait toujours été ça, le truc : le sexe avait tout à voir avec l'amour. Il avait toujours été évident pour Nicola qu'on ne pouvait pas avoir de rapports sexuels avec quelqu'un qu'on n'aimait pas. C'était une impossibilité physique et spirituelle, et plus elle constatait l'empressement d'autres êtres humains à infirmer cette assertion, plus son incrédulité augmentait, au point qu'elle ne pouvait que hausser les épaules en se disant : Soit ! Elle n'arrivait même pas à imaginer comment – physiquement, spirituellement – on pouvait oser enlever tous ses vêtements devant, c'est-à-dire pour, un homme (ou, le cas échéant, une femme) qu'on ne connaissait pas, en qui on ne croyait pas et qu'on n'aimait pas sincèrement, profondément et de tout son cœur. L'impératif était pour elle autant physiologique que moral. Mais au fil des années elle n'avait jamais réussi à rencontrer personne qui partage réellement ces scrupules-là. Elle avait commencé à se dire qu'il y avait quelque chose de gravement anormal chez elle, sur le plan physiologique, moral ou spirituel, mais elle se mettait quand même sur son trente et un lorsqu'elle était invitée quelque part, espérant être édifiée dans un sens ou dans un autre.

Il y a deux ans c'était justement avec cet optimisme prudent qu'elle s'était rendue à une fête plutôt animée à Fulham, même si elle commençait à se faire un peu vieille pour ce genre de chose. Elle portait une jupe rouge très courte, et un boa en plumes rouge autour du cou. Peu après minuit un jeune mec baraqué avait trébuché ou été bousculé contre une table dans la cuisine et plusieurs verres s'étaient fracassés sur le sol. Nicola était en train de prendre de l'eau au robinet. Elle avait réussi à faire regagner la mêlée aux gens qui étaient là, ensuite de quoi elle avait mis la main sur la pelle à poussière et le balai et entrepris de déblayer le verre brisé. Elle venait d'émerger de sous la table, pelle à poussière à la main, quand quelqu'un, à la porte, avait demandé si elle avait besoin d'aide.

« Tu pourrais trouver du papier journal ? » répondit-elle, levant les yeux sur un inconnu assez grand, à l'air plutôt timide et à l'expression assez angélique.

Il entra dans la pièce avec précaution, évitant les éclats de verre qui restaient, et commença à ouvrir les placards et à regarder à l'intérieur. Il finit par dénicher une section du *Sunday Times* de la semaine précédente, et l'aida à envelopper le verre cassé, qu'il déposa dans la poubelle. « Jonathan Finch, dit-il alors en lui tendant la main.

– Nicola, répondit-elle. Gatling.

– Comme la mitrailleuse, dit-il.

– Comme l'oiseau, rectifia-t-elle.

– Oui, tu dois en avoir marre. Tout le monde doit te dire ça.

– Presque tout le monde.

– Ce sont des plumes de gatling ? » dit-il en regardant le boa.

Elle rit.

« Je peux aller te chercher à boire ? proposa-t-il.

– J'allais partir. Je ne m'attarde jamais après les premiers verres cassés.

– Je peux peut-être te ramener ? Je n'ai bu qu'un seul verre... je ne suis pas là depuis longtemps. Je sors d'une pièce.

– Pour entrer dans une autre, on dirait... »

Il parut stupéfait, puis s'esclaffa. « Une pièce dans le West End », précisa-t-il.

C'était encore moins le genre de soirée de Jonathan que de Nicola, mais il avait été embarqué par la fille qu'il avait emmenée au théâtre. Il ne serait pas venu sans l'énorme vide qu'il y avait dans sa vie ; il ne s'en était aperçu que récemment, et ça commençait à l'inquiéter. Il y avait quelque chose qu'il n'avait pas compris, remarqué, ou anticipé, et maintenant qu'il en avait conscience il était enclin à aller partout où le destin le portait – dans les limites du raisonnable –, avec l'espoir de tomber sur un indice. C'était la décision la plus imaginative qu'il ait prise depuis sa lointaine adolescence, si différente. Et voilà qu'il avait abordé cette fille au boa rouge, qu'il s'était lancé sans aucune hésitation. Ça ne lui ressemblait absolument pas, du moins pas, comme déjà mentionné, depuis qu'il avait atteint l'âge mûr, or il tenait sa réponse : il avait eu raison de venir, finalement.

« Mais tu n'étais pas venu seul, il me semble.

– Ça ne fait rien. La fille avec qui je suis venu habite au-dessus… je vais juste lui dire au revoir. Elle ne s'attendait pas à ce que je m'éternise. On est simplement… amis.

– Si ça ne la dérange pas, alors, dit Nicola. Si tu es sûr. »

Ce n'était pas le boa en plumes, c'était, avant tout, ses jambes, et ensuite, quand elle s'était relevée, ce petit visage assez grave. Quoique… c'était, peut-être, la combinaison des deux, de ce boa en plumes rouge et de ce petit visage grave. Il mourait d'impatience d'arracher cette fille à tout ce bruit, à toute cette musique et à tout ce tumulte.

33

Il la ramena en voiture, sans traîner, à Notting Hill, et ils bavardèrent un peu en chemin ; ils découvrirent leurs occupations respectives, mais guère plus. Nicola, heureuse de rentrer chez elle sans avoir à s'embêter à trouver un taxi, le remercia beaucoup et monta se coucher. Un très beau mec, sans doute un rien inhibé et probablement pas mal barbant que je ne reverrai jamais, se dit-elle, mais c'était vraiment une chance qu'il se soit pointé comme ça.

En milieu de semaine il lui téléphona au bureau. Il n'avait donc pas écouté que d'une oreille quand elle avait répondu à son banal interrogatoire de politesse... Elle fut déconcertée. Ils se retrouvèrent pour boire un verre dans un bar à vins de Charlotte Street. Ils finirent par dîner ensemble : ils semblaient s'entendre plutôt bien. Il était toujours très beau – pour ne pas dire assez angélique – et peut-être, autant qu'elle sache, un rien inhibé, mais il aurait été inexact de le qualifier de barbant.

Sans les plumes, dans sa tenue de boulot, elle était toujours grave, toujours le genre de fille à balayer le verre brisé lors d'une fête animée avant qu'il ne provoque un fâcheux accident : elle avait un côté tatillon qui constituait un défi pour lui, et Jonathan était un homme de défis. Les défis méritaient le respect.

Au bout de quelques semaines il commença à se demander, non sans étonnement, si le sentiment qui semblait grandir en lui indiquait qu'il était en train de tomber amoureux. N'ayant jamais cru qu'une telle chose puisse se produire dans la vraie vie, il avait fini par se dire que cela n'arrivait qu'aux personnages de contes de fées.

Ils continuèrent à se voir ; il y avait tant d'activités possibles. Londres était une véritable mine de tentations auxquelles céder, et dont s'émerveiller. Il n'en avait encore jamais pris la mesure. Toute la ville était en réalité un immense jardin d'agrément qui avait sans conteste, mais en secret, été conçu expressément pour attirer ses habitants dans les rets soyeux de l'amour. Il comprenait enfin ce que tout le monde, à l'évidence, avait toujours su : que c'était à juste titre que la célèbre statue de Piccadilly, en plein centre de ce tourbillon étincelant, soit connue sous le nom d'Eros. Les coups de cœur sans lendemain qu'il avait eus jadis pour d'autres femmes ressemblaient aux balbutiements des jeunes enfants : de simples tentatives qui l'avaient conduit à l'orée du langage véritable. Cependant, les semaines passaient et il ne parlait toujours pas.

Nicola n'en avait pas moins la conviction qu'il allait le faire : elle avait très paisiblement et très distinctement deviné que Jonathan était – à n'en pas douter – le dernier sujet mâle de la même espèce qu'elle. Tous deux aussi circonspects, ils étaient comme ces frêles animaux qu'on voit dans les documentaires télévisés : évincés par des concurrents plus forts et plus glorieux, ils se pourchassent mutuellement, cherchant (avant qu'il ne soit trop tard) à s'accoupler.

Ce rituel (qu'ils étaient peut-être les tout derniers de leur espèce à accomplir) se poursuivit sur une période de plusieurs mois, une étape délicate après l'autre. Au bout du compte, ils se retrouvèrent à étouffer de chaleur ensemble par une nuit noire et torride de juillet. Ils étaient allés à un concert sur la South Bank, et ils avaient rallié le salon de Nicola, où ils buvaient du thé glacé.

34

« Tais-toi une seconde. Écoute. Tu entends ce saxo ? Là. Tu as entendu ?

– Oui. Joli. » Silencieux à nouveau, ils tendirent l'oreille.

« C'est "Summertime", non ?

– Je crois que tu as raison. Bon sang, ce que c'est cucul.

– Non, c'est joli. Tu crois qu'il est tout seul ?

– C'est peut-être une femme.

– Les femmes ne jouent pas de saxophone.

– Tu es bien sûre de ça ?

– Catégorique.

– Allons derrière vérifier si on peut le voir. La voir.

– C'est sans doute un disque.

– Non, il n'y a qu'un instrument.

– Ça n'empêche pas.

– Allons vérifier. »

Se levant d'un bond du vieux canapé branlant, Nicola rejoignit la chambre où Jonathan la suivit.

Ils se penchèrent par la fenêtre et ne virent que des arbres, au feuillage touffu, et une lumière qui depuis l'intérieur éclairait le balcon du premier étage dans la maison voisine.

« Je pense que ça vient de là, en fait. »

Ils tendirent à nouveau l'oreille. « Summertime » s'acheva, et le saxophoniste s'arrêta pour reprendre son souffle, ou pour boire ; l'obscurité alentour était silencieuse hormis un très léger bruissement dans les feuilles.

« Il fait bien plus frais ici, observa Nicola.

– Normal, la pièce est exposée au nord, répondit Jonathan.

– On n'a qu'à rester là, suggéra Nicola en s'asseyant au bout du lit. La musique va peut-être recommencer. »

Jonathan s'assit près d'elle.

Nicola n'avait pas allumé la lumière en entrant, et elle demanda : « Tu veux qu'on allume ?

– Non. On est bien dans le noir. »

Le temps était venu de parler, enfin, et alors, lentement, ils se mirent, enfin, à parler. Et ni à ce moment-là, ni par la suite, il ne s'avéra utile de dire pour de bon : voilà ce que c'est, t'aimer. Voilà ce que t'aimer veut dire. Et qu'ils n'aient pas besoin de le dire avait toujours été entre eux un principe essentiel. L'acte d'amour était une langue ésotérique qu'ils étaient désormais totalement habilités à parler. Même quand la nouveauté – l'émerveillement – de la découverte s'estompa, c'était un fait dont Nicola, du moins, avait l'absolue et indéracinable certitude.

35

« Jonathan, s'écriait-elle à présent. Non, ne te lève pas, ne pars pas. Il faut finir ce qu'on a commencé, il faut crever l'abcès. »

Il tourna à nouveau la tête vers elle et sourit très faiblement, comme un être doué d'une patience incroyable qui accepterait de se plier à ses désirs. « Mais je te l'ai déjà dit, il n'y a pas d'abcès à crever.

– Très bien, concéda-t-elle. Très bien. Très bien, peut-être que non. Tu n'es peut-être pas l'homme pour qui je te prenais. Il faut que je sache. Il faut que je sache qui tu es vraiment, qui tu as vraiment été.

– Ça n'a pas d'importance, au fond, répliqua Jonathan – toujours sur le même ton doucereux et raisonnable.

– Ça en a pour moi, protesta Nicola. Il faut que je sache, ça me *tuera* de ne pas savoir. S'il te plaît, continua-t-elle, s'efforçant désespérément de maîtriser sa voix, ne rends pas les choses plus difficiles qu'elles ne sont déjà. Tu ne vois donc pas le mal que tu m'as fait ? Je t'aimais, je t'aime encore : rien de ce que nous avons pu faire ensemble, et surtout au lit, n'a jamais eu d'autre sens pour moi. Je croyais que tu ressentais la même chose. Je croyais que toute la question était là, justement, et maintenant tu me dis ça. C'est comme si tu m'assassinais. »

Il parut, enfin, affecté.

« Je suis désolé, dit-il à voix basse. Si c'est vraiment ce que tu ressens… oui, je vois bien que c'est un choc pour toi. Pardon, tu as raison. Bien sûr, j'étais amoureux de toi au début, et même après, pendant pas mal de temps. On n'aurait jamais emménagé ensemble si on n'avait pas eu tous les deux ces sentiments-là. Mais tout ça c'est du passé, malheureusement. Je suis désolé pour ça aussi. Au moins autant que toi, dirais-je. Mais personne ne reste éternellement amoureux. Ce n'est pas humainement possible. J'imagine que le mieux qu'on puisse espérer c'est que l'état amoureux se transforme, eh bien, simplement en amour. Et manque de chance, ça n'est pas arrivé avec nous. Du moins, pas de mon côté. Je suis désolé, mais c'est comme ça. Je ne peux quand même pas jouer la comédie… ça ne te plairait pas. On doit être réalistes, et limiter les dégâts. »

Nicola se sentait à nouveau défaillir devant l'horreur de ces révélations, mais elle n'aurait peut-être pas d'autre occasion de découvrir la vérité. « Quand…

quand... as-tu cessé de tenir à moi ? Depuis combien de temps fais-tu juste semblant ?

– Oh, va savoir... Plusieurs mois, peut-être. »

Elle se sentait mal, non seulement en raison du choc et de la douleur que les paroles de Jonathan lui avaient causés, mais aussi parce qu'elle avait honte. Elle éprouvait une honte si effroyable et si insupportable à l'idée que Jonathan ait pu, ne serait-ce qu'une fois, sinon plusieurs, lui faire l'amour en ne ressentant au fond aucun amour, uniquement cette froide indifférence grandissante, qu'elle aurait voulu être à cent pieds sous terre.

« À Noël, dit-elle, d'une voix entrecoupée, se remémorant cette période, se remémorant les cadeaux. Tu avais déjà ces sentiments-là à Noël ? » Elle repensait à la chemise de nuit de satin blanc, et à d'autres détails.

Jonathan réfléchit un moment, se remémorant lui aussi. Il fit une grimace. « Non, reconnut-il. Je t'aimais encore à ce moment-là. Ça a dû changer après. Écoute, laisse tomber cet interrogatoire. Je ne me souviens pas de la date précise. La seule chose qui compte, c'est que ça s'est produit, c'est tout.

– Admettons que ça se soit produit juste après Noël, s'étonna Nicola, remplie de honte et de stupeur, tu as continué, pendant tout ce temps – trois mois, c'est ça ? – à faire comme si... Tu m'as fait l'amour je ne sais pas combien de fois, comme si... » Jonathan avait une façon de faire l'amour, silencieuse, intense, comme un rituel accompli dans un état de possession ; elle commençait à soupçonner qu'il ait pu continuer à jouer ce personnage dans un état de froide indifférence. Elle se rendait compte que, si tel était le cas, elle avait en fait été violée.

« Oui, bon, la coupa-t-il, puisque tu tiens à en faire tout un plat, je pourrais souligner que tu te montres un peu naïve, non ? Tu serais la première à me rappeler dans d'autres circonstances que les hommes sont différents des femmes dans leur attitude à l'égard du sexe, sinon à tous points de vue. Enfin voyons, ce n'est pas si grave, Nicola. Ça ne veut rien dire. Quand il est là, tu le prends et quand il n'est plus là tu t'en passes. Bien sûr, quand on est amoureux, ça a sans doute plus de signification, mais au fond c'est accessoire. Tu es une femme séduisante, il est clair que n'importe quel homme à ma place aurait été ravi de te sauter, ça ne veut rien dire ni dans un sens ni dans l'autre. Bon, je te l'accorde, ça a voulu dire quelque chose à un moment, mais plus maintenant. Plus ces derniers temps.

– Je vois », dit Nicola. Elle avait été non seulement violée mais totalement détruite.

« J'avoue, fit Jonathan d'un ton abrupt, que c'est assez minable, mais c'est bien le problème, non ? C'est pour ça que j'ai compris qu'il était temps de dire stop. D'aller de l'avant. Et puis, maintenant que j'y réfléchis, le fait que tu aies voulu arrêter la pilule a peut-être été un facteur déclenchant. J'imagine que tu as envie d'avoir bientôt des enfants, ce qui veut dire se ranger pour de bon, or, pour ça, je ne suis pas celui qu'il te faut. Ce ne serait pas juste de s'entêter comme on le fait depuis quelque temps, vraiment, ce ne serait pas juste. Je suis sûr que là-dessus au moins tu es entièrement d'accord avec moi. Donc...

– Oui », dit Nicola.

Elle était tellement tourneboulée par l'horreur de tout ça, et en particulier par la confirmation que Jonathan pensait effectivement ce qu'il avait dit, qu'il était sérieux et que leur relation était maintenant bel et bien terminée, qu'elle fut incapable de rien ajouter ; elle se leva comme dans un rêve, alla dans la chambre et ferma la porte.

36

Bordel de merde, pesta intérieurement Jonathan. Bordel de merde. Et il resta assis là un moment, à contempler la cheminée vide et à ruminer.

Brusquement, il se leva et gagna la porte pour récupérer la serviette qu'il avait laissée sur le seuil en entrant dans la pièce. Il se rassit, l'ouvrit et en sortit une épaisse chemise remplie de documents qu'il commença à feuilleter. Mais bientôt il les reposa et se remit à contempler la cheminée vide.

Merde, c'est sa faute à elle, se rassura-t-il. Il a fallu qu'elle insiste. Impossible de la dissuader, il a fallu qu'elle scrute mon âme : si elle n'aime pas ce qu'elle voit, bordel, c'est sa faute à elle. C'est typique. D'abord elles vous tirent les vers du nez, et ensuite elles vous en veulent du mal que ça leur fait. Merde, pas moyen qu'elles apprennent. Enfin bon, tant qu'elle a compris le message. Vivement la tranquillité. Il se saisit à nouveau de la chemise et entreprit d'examiner les documents du dessus de la pile. Remarquant alors qu'il était encore en tenue de bureau, il se leva impatiemment pour aller se changer. Reprenant sa besogne, il s'y attela enfin comme il convient et ne tarda pas à se trouver absorbé dans les subtilités de ses dossiers.

Bien plus tard, en consultant sa montre, il constata qu'il était près de minuit. Déjà si tard ! Il mit de l'ordre dans ses documents puis les rangea dans sa serviette, éteignit la lampe et se rendit dans la chambre qui n'était plus une chambre d'ami, mais la sienne ; en y allant, il jeta un coup d'œil à la porte hermétiquement fermée de la chambre principale, et hésita un instant. Il ne l'avait pas entendue bouger, ni ouvrir la porte… elle ne bronchait pas, la femme qui l'avait supplié de s'expliquer pour flancher ensuite quand il avait cédé. Elle était silencieuse, cloîtrée dans cette chambre, derrière cette porte close. Était-elle endormie ou éveillée ? Allait-elle bien ? Tant pis, ça ne le regardait plus, après tout. Elle était libre désormais. Le pire était passé. Elle était libre, tout comme lui. Il pouvait se réapproprier son âme. Fin du chapitre. Fin de l'histoire. Maintenant, au lit.

Les événements de la soirée repassaient pêle-mêle dans son esprit alors qu'il sombrait peu à peu dans le sommeil, quand soudain il crut apercevoir, éclair étrange et flamboyant, un œil rubis comme celui d'un phénix. L'œil surgit, le fixant, puis il disparut, et, avec lui, sa dernière réminiscence de cette très longue journée.

37

Le jeune homme brun derrière le comptoir du café parut vaguement la reconnaître ce matin. Il hocha la tête quand elle énonça sa commande, identique à celle de la veille, comme pour dire bien sûr. Il apporta le café et le croissant qu'il plaça devant elle avec une sorte de déférence discrète et, avec la même déférence discrète – reculant d'un pas avant de pivoter –, il se retira.

Nicola vit tout cela comme par le gros bout d'une lorgnette : le monde autour d'elle semblait miniaturisé par la lentille de son angoisse. Une fois au bureau, elle dut déployer des efforts surhumains pour réussir à avoir de ce monde une vision à peu près normale, mais il menaçait sans cesse de se redéformer ; elle était en permanence sur le point de craquer.

Mais elle avait de la chance dans son boulot : il y avait toujours trop – c'est-à-dire suffisamment – à faire. En milieu de matinée, son traitement de texte et elle connaissaient leurs démêlés habituels. Elle s'employait à rédiger un dossier à soumettre au Arts Council, qui en temps utile serait relu, corrigé et rerédigé par quelqu'un de plus éminent avant d'être réécrit in extenso et remis à quelqu'un d'encore plus éminent pour un ultime peaufinage et, fallait-il espérer, l'assentiment final.

Elle continua à travailler : de bonne heure ce matin, pendant qu'elle se douchait puis s'habillait avec un soin extrême, elle s'était promis que personne ici ne remarquerait en rien l'horrible catastrophe qui l'avait frappée. Elle avait bel et bien été assassinée. Le discours de Jonathan avait arraché le voile d'illusion dans les fils duquel son âme était tissée. S'il avait cessé de l'aimer, si leur conjonction était désormais dénuée de sens, si elle devait, et apparemment oui, le quitter lui ainsi que leur maison, alors elle n'était plus la Nicola qu'elle avait connue et qu'elle avait été sans se poser de questions. Personne au bureau ne devait soupçonner cette métamorphose : elle allait continuer à jouer le rôle de Nicola et le jouer de manière si impeccable que durant les heures qu'elle passerait ici, même elle croirait au personnage. La chose réclamait simplement une concentration totale.

À l'heure du déjeuner elle se fit livrer un sandwich et resta travailler pendant que les locaux se vidaient lentement autour d'elle. Enfin elle se retrouva seule. Elle persévéra quelques minutes puis abandonna sa bécane. Repoussant son sandwich à moitié mangé et son café à moitié bu, appuyant les coudes sur son bureau, elle enfouit son visage dans ses mains, et demeura ainsi, immobile, aux prises avec la certitude d'une cuisante et implacable douleur.

À la longue, ça ira mieux, se raisonna-t-elle. Forcément. C'est juste un mauvais moment à passer... Elle n'imaginait pas que ça irait mieux à certains égards, et plus mal à d'autres, que son tourment changerait de forme et de couleur au fil des jours et des semaines pour assiéger son esprit à tout moment et affermir sa souffrance jusqu'à ce que celle-ci, enfin, daigne battre en retraite. Je dois juste me concentrer sur ce qui vient après, et tâcher d'endurer cette épreuve le plus stoïquement possible. Elle n'était pas anglaise pour rien.

38

« Susannah ?

– Ah, Nicola… enfin ! J'allais t'appeler…

– Susannah, écoute, il faut que je te demande un service…

– Tu viens squatter ici ? Tu arrives ce soir ?

– Tu es sûre de supporter ? Je ne suis pas très marrante en ce moment. Je ne suis pas marrante du tout, en fait.

– Ça reviendra. Bien sûr que je supporterai… tu rappliques quand ?

– Samedi… ça ira ?

– Bien sûr que oui. Arrête avec tes scrupules. Tu devrais débarquer aujourd'hui, ce soir.

– Je ne peux pas. Je dois trier mes affaires et tout ça. Je viendrai samedi.

– D'accord. Samedi. Tu vas bien ?

– Non, j'ai l'impression d'être morte et d'avoir atterri en enfer, un truc dans le genre.

– Oh, Nicola.

– Ça va aller.

– On devrait tuer Jonathan. Je pense que ce serait le mieux.

– Non, ça ne changera rien.

– Moi je me sentirai mieux.

– Alors là, d'accord, c'est une bonne raison. Vas-y, tue-le.

– On goupillera ça ensemble quand tu seras là.

– Il faut que je te laisse, Susannah, je dois aller à la réunion du mardi.

– Ah, oui, c'est vrai. Bon, écoute…

– Je serai chez toi samedi vers midi, OK ?

– Je pourrai venir te chercher si tu veux.

– Non, surtout, ne t'en fais pas, je prendrai un taxi.

– Tu es sûre ?

– Oui. Susannah…

– Oui ?

– Merci mille fois. Vraiment, merci.

– Prends bien soin de toi, Nicola. On t'aime. À samedi ! »

Susannah raccrocha et regarda fixement l'appareil. Alors c'était vraiment arrivé… Nicola avait perdu son amoureux et sa maison, comme ça, d'un coup, terminé. Quelle cruauté abominable. L'événement, par sa soudaineté, son exhaustivité, son ampleur, évoquait une catastrophe naturelle ; il vous laissait le souffle coupé. Pour un peu, vous auriez recommencé à fumer. Autant refumer, d'ailleurs, vu tous les maux bien plus graves qui vous guettaient. Pendant plusieurs minutes le monde parut à Susannah d'une horreur indicible. Puis elle se remit au travail. Elle était iconographe et en ce moment elle s'appliquait à rassembler des diapositives couleur de tous les tableaux de Chardin. Elle en prit une qui était arrivée par le courrier du matin et l'examina à nouveau dans la visionneuse. Le monde était d'une horreur indicible, *mais*. Si on ne pouvait pas y faire grand-chose, on pouvait malgré tout y faire un petit quelque chose. Hosanna, se dit-elle, hosanna. Et cette pensée la consola.

39

Jonathan n'était toujours pas rentré à l'appartement mardi soir quand Nicola était allée se coucher, mais le lendemain matin elle trouva des signes indiquant qu'il avait avalé un petit-déjeuner sommaire avant de disparaître à nouveau, toujours sans se montrer. Une sorte de fatigue sourde s'était emparée d'elle mais elle aussi rechignait à s'attarder entre ces murs : une fois encore elle quitta les lieux bien plus tôt que d'habitude et une fois encore elle se rendit dans le petit café.

« Bonjour », dit le jeune homme poliment.

Elle parvint à lui sourire.

« Café filtre ? Avec un croissant ?

– Merci », dit-elle, et elle s'assit à la même table.

Quand elle retourna à l'appartement ce soir-là, après être restée travailler beaucoup plus tard que la normale, elle trouva une lettre décachetée sur la table de la cuisine. Y était joint un mot : « À titre d'information, J. » C'était l'estimation de l'agent immobilier.

Elle reposa la lettre sur la table puis, réflexion faite, elle prit un stylo et écrivit en bas du message de Jonathan la simple formule « C'est noté » suivie de son initiale.

Toujours pas de Jonathan. Nicola se remit au tri de ses vêtements et de ses autres affaires : celles qu'elle devait emporter tout de suite, celles qu'elle devait laisser pour les récupérer en temps utile, celles qu'elle voulait jeter. Que faire d'autre, abrutie de chagrin, que trier ses affaires ? Juste avant de s'endormir elle crut entendre Jonathan rentrer, mais elle était trop épuisée pour s'arracher au sommeil, et s'il fit du bruit ensuite elle n'en eut pas conscience.

Le lendemain matin elle se contenta de sourire au jeune homme du café en disant : « Comme d'habitude, s'il vous plaît », et il lui rendit son sourire. « D'accord, dit-il. Ça marche. » Tandis qu'elle s'asseyait elle comprit soudain en quoi il était important, sinon essentiel, qu'elle vienne ici chaque matin, qu'elle continue à avoir cet échange superficiel avec ce jeune homme brun anonyme : c'était le seul endroit où elle n'était pas connue pour être – pour avoir été – la Nicola qui avait vécu avec Jonathan ; qui avait aimé Jonathan ; qui avait appartenu, corps et âme, à Jonathan. Ici, et seulement ici, elle pouvait se présenter comme un être qui n'éprouvait aucune honte et qui n'avait subi aucune atteinte à son intégrité. Cette escale équivalait à une répétition : le préambule à une nouvelle existence.

À dix heures ce soir-là elle avait fini de trier tous ses biens les plus personnels, parmi lesquels les chiens en porcelaine de la tablette de cheminée, à présent très nue. Elle s'assit sur le canapé et regarda la tablette, se forçant à contempler ce détail de l'énormité qui l'avait terrassée. Finalement elle entendit la clé de Jonathan dans la serrure et se leva, et Jonathan, voyant la lumière, se présenta spontanément à la porte du salon.

« Je partirai samedi, lui annonça-t-elle avec calme. Je vais habiter provisoirement chez Susannah. Si tu as besoin de me contacter pour une raison ou une autre tu pourras m'appeler au bureau. Ou m'écrire. »

Il parut interloqué, et ne dit rien. Elle poursuivit : « Je ne pourrai pas tout embarquer samedi. Certaines de mes affaires vont devoir attendre que j'aie trouvé un appart à moi. Si elles t'encombrent, *tant pis**. Je m'en occuperai plus tard. Pour ce qui est des livres, des cassettes et des CDs, des meubles et ainsi de suite… fais-en ce que tu veux. Je renonce à tous mes droits. Ah, et puis il y a plusieurs cartons pour Oxfam… tu pourrais peut-être les leur déposer un de ces jours, si tu veux bien. »

À ce stade de son discours, il avait l'air abasourdi, incapable de réagir.

Elle haussa les épaules. « Bon, je crois qu'on a fait à peu près le tour. Je vais te laisser tranquille. » Elle traversa la pièce, mais Jonathan, toujours planté, immobile, dans l'encadrement de la porte, l'empêchait de sortir.

« Écoute, parvint-il enfin à dire, tu n'as pas besoin, tu sais, de te précipiter. Je ne m'attendais pas à ce que… » Mais qu'est-ce qu'il racontait ? C'était bien ce qu'il avait espéré, pas plus tard que le week-end dernier : en rentrant de la campagne dimanche soir il avait espéré, il avait même escompté, la trouver partie. C'était récent, mais en même temps, comme ce soir-là paraissait loin ! « Je ne m'attendais pas, répéta-t-il, à ce que tu trouves un point de chute si vite, avant même qu'on ait réglé les questions financières et autres… en théorie, après tout, cet appart est toujours autant le tien que le mien. Tu n'as pas à aller camper chez Susannah.

– Non, admit-elle. Évidemment tu as raison, *en théorie.* Mais je préfère.

– Oui. Je vois.

– Et maintenant, si tu veux bien m'excuser, je vais me coucher. »

Il s'effaça et elle quitta la pièce. C'est alors qu'il remarqua ce qui avait changé dans le salon ; ce qui *n'allait pas* : la cheminée était nue ; tous les chiens avaient disparu.

40

« Geoffrey, qu'est-ce que tu as fait de la perceuse ?
– Pourquoi as-tu besoin de la perceuse ?
– Pour que tu puisses poser cette tringle.
– Quelle tringle ?
– Pour les vêtements de Nicola.
– Oh, non, ne recommence pas avec ça.
– Elle arrive samedi.
– Tu plaisantes.
– Pas du tout.
– Seigneur.
– Alors, où est la perceuse ?
– C'est Sam qui l'a.
– Sam ?
– Oui, il l'a empruntée, il y a quelque temps, pour monter des étagères.
– Franchement, on pourrait penser qu'avec une maison entière à rénover il s'achèterait une perceuse à lui. Pitoyable.
– Oui, bon, c'est comme ça.

– Eh bien, tu as intérêt à la récupérer, et fissa.

– Je ne peux pas aller là-bas maintenant, impossible.

– Tu n'es pas obligé, Guy peut y aller à vélo. Appelle-les pour leur dire qu'il vient.

– Seigneur, il faut vraiment ?

– S'il te plaît. Je veux juste que cette foutue histoire de tringle soit réglée une fois pour toutes. Immédiatement. Écoute, je vais te dégoter le numéro. Où est passé le répertoire ? Ah, nous y voilà. Bon. »

Ils firent le nécessaire. Sam était chez lui, Dieu merci, parce que c'était son tour de s'occuper de la petite Chloe pendant que sa mère, Helen, qui n'était pas si belle que ça, travaillait dans un centre social. Guy fut appelé et expédié en mission et, moins d'une demi-heure après, Geoffrey, non sans récriminer, s'attelait à fixer la tringle. La tâche proprement dite fut accomplie en dix minutes chrono, c'étaient les étapes préliminaires qui, au total, avaient bien pris cinq heures, étalées, soyons juste, sur quatre jours.

« Est-ce que je lui rapporte ? demanda Guy. Il a dit qu'il avait pas fini.

– Bon sang, mais quel culot ! s'écria Susannah. Pas question. Bon sang, il n'aura qu'à venir la chercher lui-même. Non mais quoi encore !

– Nicola va rester combien de temps ? demanda Guy.

– Je ne sais pas. Autant qu'elle veut. Écoute. Je

veux que tu sois très gentil avec Nicola quand elle sera là, d'accord ? Aucune raison que tu ne le sois pas, mais n'empêche. Elle est un peu vulnérable.

– Vulnérable. Qu'est-ce que ça veut dire ?

– Fragile.

– Comme du verre ?

– Oui, exactement.

– Elle risque de se casser ?

– Oui. D'une certaine façon.

– Mince alors.

– Alors sois très très gentil, pour qu'elle ne se casse pas.

– Je la laisserai jouer avec mes souris.

– Voilà, tu as compris, bravo.

– Elle pourra les garder ici si elle veut.

– Il ne faut peut-être pas exagérer. Laisse-la simplement jouer avec, si elle en a envie. Elle n'en aura peut-être pas envie.

– Oh, mais si.

– On verra.

– Oui, on verra… quand est-ce qu'elle vient ?

– Samedi.

– Oh, mais c'est quand je serai au cheval !

– Comme ça, elle sera là quand tu reviendras.

– Chouette ! »

41

Elle ignorait où il pouvait être allé ; il s'était levé alors qu'elle dormait encore et avait quitté l'appartement avant qu'elle ne sorte du lit : parti chiner à Portobello (fort possible), jouer au squash avec un pote sportif, ou simplement errer, hébété, dans le quartier, gagnant Notting Hill Gate, traversant le parc et marchant jusqu'à Kensington, ou même plus loin, allez savoir… Il était en train de retrouver, il avait déjà retrouvé, sa mystérieuse existence de célibataire, celle d'avant leur rencontre ; ne manquait que le clair-obscur de Crawford Street.

Il était déjà onze heures : elle avait fait presque tout ce qui avait été classé sous la rubrique « dernières choses » et avait hâte de s'en aller : prolonger l'horreur épouvantable de son départ – une horreur si épouvantable qu'elle avait été incapable de l'affronter et s'était lancée dans une débauche d'activité pour se dérober à son chagrin – était hors de question. Elle lui laisserait un mot. Elle se mit à écrire.

Dernière Minute

1. Cartons marqués Oxfam sous fenêtre chambre.
2. Trois autres cartons de mes affaires dans armoire, à récupérer dès que possible.
3. Ne pas oublier de laisser argent à Mrs Brick le merc. matin – 20 £ (en liquide).

Elle sortit la dernière fournée de vêtements du sèche-linge, les ajouta à ses bagages et fut prête à partir. Elle descendrait tout dans le hall d'entrée, appellerait un taxi, et puis voilà. Ne fermant pas la porte à clé, elle transporta le premier carton au rez-de-chaussée.

Tandis qu'elle descendait avec le deuxième, elle croisa Jonathan dans l'escalier.

« Oh !

– J'allais partir.

– Ah.

– Je remonte chercher la valise dans une seconde. »

Elle continua sa descente puis gravit une nouvelle fois l'escalier et pénétra dans l'appartement. Jonathan tournait en rond dans le salon.

« J'appelle un taxi », dit-elle. Elle décrocha le combiné.

« Je pourrais t'emmener », proposa Jonathan.

Elle lui lança un regard et composa le numéro du taxi, puis leva à nouveau les yeux. « Va te faire voir », dit-elle.

Cinq minutes, lui annonça le central. Elle raccrocha.

« Je t'ai laissé un mot sur la table de la cuisine. Je n'étais pas sûre que tu rentres avant que je parte. Il n'y a rien d'autre à dire. »

Le téléphone sonna ; elle décrocha, écouta et, après un merci, raccrocha.

« C'est le taxi. Au revoir, Jonathan. »

Elle se dirigea vers la porte et ramassa la valise.

« Laisse-moi te la descendre.

– Non. Je peux me débrouiller. Au revoir. »

Franchissant la porte d'entrée, elle la referma derrière elle et disparut, sans autre forme de procès.

Le chauffeur l'aida à trimballer ses cartons et ils démarrèrent. Carrée à l'arrière du taxi, elle observa la foule joyeuse et insouciante du samedi qui se pressait dans les rues du Borough royal, puis ils atteignirent l'Albert Bridge et, enjambant les ombres de la Tamise, s'enfoncèrent bientôt dans cette espèce d'au-delà qu'est la rive sud du fleuve. Durant tout ce temps, Nicola, accablée de chagrin et presque morte, demeura assise là sur sa banquette, immobile, incrédule, son cœur brisé battant à grands coups, les poings complètement crispés pour éviter coûte que coûte de se mettre à pleurer.

42

« Entre vite, ma chérie… il n'y a personne, Geoffrey a emmené Guy à son cours d'équitation… je vais chercher tes bagages. »

Nicola entra dans le salon, s'assit sur le canapé et, enfouissant son visage dans ses bras croisés, – son visage méconnaissable, dévasté, sur lequel dès que Susannah avait ouvert la porte des larmes s'étaient mises à ruisseler –, elle pleura. Jaillissaient là toutes les larmes qu'elle n'avait pas versées durant cette terrible semaine : toutes les larmes, pour toute l'horreur qui s'était abattue sur elle et qui, si insupportable soit-elle, devait pourtant être endurée. Puis Susannah la rejoignit. Elle pleura très longtemps ; Susannah n'avait jamais entendu de sanglots si éperdus. À la longue ses larmes finirent par se tarir et Nicola leva la tête, l'air désespéré et vaincu.

« Je crois que je vais faire un saut à Notting Hill pour l'assassiner, déclara Susannah d'un ton neutre. Tu veux venir avec moi, ou tu préfères attendre ici ? »

Nicola tenta de sourire. « Geoffrey a pris la voiture, non ?

– Ah, oui, j'oubliais. On va devoir attendre que Guy et lui reviennent. Ils en ont au moins pour une heure. Il se peut qu'ils déjeunent dehors. On va avoir tout le temps de boire une bonne tasse de thé. Et de manger un morceau.

– Rien qu'un thé, dit Nicola. Je ne peux rien avaler.

– Une petite tranche de jambon ? Du bon jambon à l'os ? Sur une tranche de pain toute fine ? Avec une infime lichette de moutarde ? Et une minuscule feuille de cresson ? Rien que pour me faire plaisir. »

Nicola parvint à rire, puis les larmes se remirent à jaillir. « Qu'est-ce que je ferais sans toi ? lâcha-t-elle d'une voix entrecoupée.

– Tu serais obligée de l'assassiner toute seule, répondit Susannah. Ce qui ne serait pas évident du tout.

– Il n'est sans doute même pas là, dit faiblement Nicola. Il est sans doute sorti.

– Alors j'espère qu'il va se faire écraser. »

Nicola imagina la scène, Jonathan étendu sur la chaussée, totalement inerte, couvert de sang, et elle se remit à pleurer de plus belle.

« Non, s'écria-t-elle, ne dis pas ça ! Je ne veux pas qu'il meure !

– Bon, d'accord, céda Susannah. D'accord, d'accord. On va le laisser vivre. Mais s'il doit vivre, il va devoir faire des progrès, tu peux me croire. »

Elle se demanda alors quels avaient pu être les pensées et les sentiments de Jonathan pour que leur relation en soit arrivée là, et elle conclut que ce serait peut-être une bonne idée de s'occuper du déjeuner, car, à ce moment-là, Nicola serait peut-être à même de parler de ce qui s'était passé, et, de son côté, elle parviendrait peut-être à mieux cerner cette situation aussi extraordinaire qu'effroyable.

« C'est peut-être moi qui ai besoin de faire des progrès, fit remarquer Nicola d'un ton malheureux.

– Ça, ça reste à prouver, protesta Susannah. La priorité, c'est de boire un thé et de manger un morceau. Rien qu'une toute petite bricole. Allez, viens. »

Elle prit Nicola par la main et elles allèrent dans la cuisine.

43

Ça y est, elle est partie, songea Jonathan, elle est bel et bien partie. C'est terminé ; elle est partie. Quant à l'appartement lui-même, dès que la porte d'entrée s'était refermée derrière elle, il semblait avoir cessé de respirer, résonnant d'un silence tellement vide que Jonathan osait à peine bouger. Il demeura planté là, sur le seuil du salon, à l'endroit précis où il se tenait quand elle avait quitté les lieux, sa valise à la main.

J'aurais dû au moins l'aider à descendre ses affaires… Il avait été très perturbé de la croiser dans l'escalier chargée de ce gros carton, arrivant tout juste à voir par-dessus. Elle aurait pu louper une marche. Elle aurait pu tomber dans l'escalier. Elle aurait pu se rompre le cou. Et puis cette valise. Elle devait être lourde. Nicola n'était pas vraiment une force de la nature. Cette vieille valise années 1950 en peau de porc… Elle datait du voyage de noces de sa mère, et la doublure en soie moirée commençait à s'effilocher : il s'en souvenait, parce qu'ils l'avaient prise lors de leurs vacances en France l'année dernière, et qu'elle leur avait valu le respect dans tout le Vaucluse. Absolument pas pratique pour l'avion, mais idéale pour sillonner la France en voiture. Les Français savent décrypter ce genre de signes à quarante pas, ou plutôt *quarante mètres**. Parmi leurs multiples talents, ils possédaient l'art de jauger un bagage, même de loin : quand, à la fin d'une longue journée, vous débarquiez crasseux, fatigués et chiffonnés dans un hôtel de bon standing, vous aviez certes droit à un de ces fameux regards méprisants, mais dès qu'ils apercevaient cette valise en peau de porc, c'était : *Ah, chouette**, c'était : *Oui monsieur, je vous en prie madame, pas de problème**. Il se souvenait exactement du poids de la valise quand il la sortait de la voiture, pas mécontent de laisser quelqu'un d'autre la monter dans la chambre, et voilà que Nicola l'avait descendue toute seule sur deux étages : je me débrouillerai, avait-elle dit. En tout cas, il avait proposé. Il n'y était pour rien si elle n'avait pas voulu qu'il l'aide. Cette impression de n'avoir pas fait ce qu'il aurait dû était totalement sans fondement.

J'imagine qu'il est l'heure d'avaler quelque chose, et après je pourrai bosser un peu. Il avait rapporté du boulot pour le week-end. On n'était pas sorti de l'auberge avec cette affaire Lloyd's : un des plus gros merdiers de tous les temps. Le dossier était arrivé pile au bon moment pour Jonathan : il était comme un acteur qui s'est vu proposer le rôle d'Hamlet. Je vais juste avaler quelque chose. Il mourait de faim, maintenant qu'il y pensait.

Il n'alla pas tout de suite dans la cuisine. Non, il s'assit sur le canapé et, regardant la cheminée, il se demanda ce qui n'allait pas, mais alors pas du tout. Soudain ça fit tilt à nouveau : la tablette sans rien dessus, bien sûr. Il se souvenait, maintenant. Elle avait emporté tous les chiens. Évidemment qu'elle les avait emportés, c'étaient ses chiens. Il ne les aimait même pas tant que ça. Au début il la mettait en boîte à leur sujet. Ils n'étaient même pas jolis, pour la plupart ; il les traitait de « vilains chiens ». Hormis le carlin en porcelaine de Derby qu'il lui avait offert : ils étaient allés voir un film un soir à l'Odeon et ils l'avaient repéré dans la vitrine d'une des boutiques d'antiquités de Kensington Church Street alors qu'ils remontaient la rue.

« Oh, regarde, Jonathan, un petit chien ! s'était-elle exclamée, devant chez Stockspring. Ce qu'il est mignon ! »

Contemplant le chien avec indulgence, il avait abondé dans son sens sans trop rechigner. « Il est pas mal. Un carlin.

– Il doit coûter cher… Mais il est vraiment mignon. Regarde sa petite frimousse, et les pompons sur son coussin.

– Oui », avait acquiescé Jonathan, se décidant sur-le-champ. Il avait noté dans sa tête le numéro de téléphone inscrit sur la devanture et appelé la boutique dès le lendemain matin ; il était arrivé là-bas juste avant la fermeture du soir, avait acheté le petit chien, l'adorable petit carlin sur son coussin, et l'avait fourré dans sa poche. Alors qu'elle était dans la cuisine à sortir la cocotte du four, juste avant qu'ils ne s'installent à la table tout au bout du salon – là, sous la fenêtre –, il avait posé le petit chien sur l'assiette de Nicola et guetté sa réaction éberluée, enchantée, extatique. L'expression sur son visage valait largement les 300 livres et quelques qu'avait coûtées le bibelot.

Mais enfin pourquoi, pourquoi diable se rappelait-il ces choses-là maintenant ? Quel intérêt, quel avantage, quel plaisir pour lui de se rappeler ce genre de choses maintenant, ou n'importe quand à l'avenir ? Tout ça parce que, en cette première heure de sa nouvelle existence, l'appartement était terriblement silencieux, paraissait atrocement vide, avait cessé, de manière on ne peut plus étrange, de respirer. Il irait peut-être déjeuner dans un pub, en fin de compte ; oui, ce serait le mieux. Une bonne bière lui ferait du bien. Allez. Il se leva, vérifia ses poches pour s'assurer qu'il avait assez d'argent sur lui et sortit, claquant la porte afin de chasser les fantômes, lutins et autres esprits errants qui menaçaient de prendre possession de ce vide béant tellement silencieux qu'était devenu l'appartement.

44

« Je n'avais pas fait les courses depuis une éternité, dit Nicola. Il ne doit rien rester à manger dans la maison.

– Tu as raison de t'inquiéter.

– N'empêche.

– Tu plaisantes ou quoi ? Pardon, mon chou, je ne veux pas être dure, mais tout de même…

– Oh, Susannah… » Nicola se remit à pleurer.

Susannah lui tapota l'épaule un moment, et lui servit une autre tasse de thé.

Nicola se sécha les yeux. « Si seulement je savais ce que j'ai fait de mal, dit-elle d'un air pitoyable.

– Sûrement rien du tout. »

Nicola contemplait le mur du fond en essayant de toutes ses forces de voir le passé, ce qui pouvait s'avérer plus difficile encore que de voir l'avenir. « En réalité, dit-elle lentement, je crois que tout vient du fait que j'aie parlé de devoir arrêter la pilule.

– Ah, cette sacrée pilule, elle en a causé, des problèmes… »

Nicola, incapable de rire, réussit à sourire. « C'est ce qui a dû pousser Jonathan à mieux réfléchir à la situation. » Elle ne souriait plus. « Et à lui trouver des manques. À *me* trouver des manques. » Elle marqua une pause. « J'en ai, après tout ; je ne suis pas parfaite.

– Si quelqu'un a des défauts et des manques, c'est lui, protesta vivement Susannah. Il va même finir carrément “en manque”, si tu veux mon avis. Il va être malheureux comme les pierres, quand il comprendra son erreur.

– Il croit que c'est ce qu'il vient de faire, objecta Nicola.

– Alors il se gourre complètement, affirma Susannah avec fermeté. Ce pauvre crétin déconne complètement, voilà.

– J'aimerais *savoir*… j'aimerais vraiment savoir de quoi il retourne. Ne pas savoir, c'est ça le pire.

– Oui, dit Susannah en lui pressant la main, je vois ce que tu veux dire. C'est toujours le pire. En tout cas, d'après moi, il déconne dans les grandes largeurs. Réfléchis-y. » Elles restèrent silencieuses un moment, puis : « Pauvre vieux Jonathan », lâcha Susannah, contre toute attente.

Nicola la regarda, prise au dépourvu, avant d'esquisser un faible et bref sourire. « Oui, sans doute. »

Par chance, à ce moment-là, la porte d'entrée s'ouvrit et Guy fit irruption dans la pièce. Après un bond en l'air, il adopta une pose théâtrale. « Ta-da ! s'écria-t-il. Ta-da ! Devinez quoi !

– Tu as dit bonjour à Nicola ?

– Bonjour, Nicola ! » Il se retourna vers sa mère. « Devine !

– Quoi ?

– J'ai fait du trot aujourd'hui.

– Bravo ! Chouette !

– Un peu, que c'est chouette. Dis, Nicola… Nicola, tu veux voir mes souris ?

– Dis-moi, mon chéri, je ne crois pas que…

– Je vais les chercher… Attendez une seconde.

– Oh, Seigneur. Désolée. Il mourait d'impatience de te montrer ses souris… ça ira ?

– Je n'ai rien de particulier contre les souris. »

En réalité elles lui faisaient horreur, mais, Dieu merci, Guy revint avec un seul spécimen, et Nicola supporta la bestiole tandis qu'elle lui courait sur le bras et s'immobilisait, terrifiée et tremblante, sur son épaule. La peur et la confusion de l'animal éveillèrent en elle un sentiment de franche pitié, sinon d'affection.

« Pauvre petite bête, dit-elle. Pauvre petite souris.

– Elle n'est pas petite, *pour une souris*, souligna Guy. Elle est même assez grosse, en fait, comme souris. »

Nicola s'esclaffa, imitée par Susannah ; bientôt, Nicola avait presque le fou rire, et Guy, tout fier de lui, riait aussi. Quand Geoffrey entra il n'aurait pu déceler autre chose dans l'atmosphère que du bien-être et de l'hilarité. Ouf, c'était déjà ça, songea Susannah avec une authentique gratitude.

45

La journée s'éteignit autour de lui, la nuit tomba et les réverbères s'allumèrent ; les gens qui se baladaient ou qui faisaient leurs courses étaient tous rentrés chez eux et les fêtards et les casseurs n'étaient pas encore apparus : dans les rues à demi désertes en contrebas certains promenaient leur chien et des enfants se tournicotaient autour à vélo, prolongeant les dernières minutes du soir avant de rentrer dîner. Jonathan alluma la lampe et travailla encore une heure.

À présent il faisait nuit ; il se leva et tira les rideaux. Oh, ce silence ! Il brancha la radio et alla dans la cuisine voir ce qu'il pouvait se mettre sous la dent.

Il y avait un hic. Le garde-manger était le domaine réservé de Nicola. Ils avaient un arrangement, peut-être pas très équitable, selon lequel il payait toutes les factures trimestrielles et elle payait les denrées alimentaires. Tous les quinze jours environ ils allaient chez Sainsbury faire le plein, et entre-temps, au coup par coup, elle achetait des bricoles. En ouvrant le réfrigérateur, Jonathan découvrit qu'elle n'avait pas acheté beaucoup de bricoles dernièrement : pourquoi, somme toute, l'aurait-elle fait ? Il regarda dans les placards. De la soupe en boîte, des spaghettis, de l'huile, du vinaigre, du thé et du café. Trois œufs dans le frigo, une demi-livre de beurre, une laitue désespérément flétrie et une tomate sinistre. Bref, rien à manger. Même pas de pain. Il ne savait pas trop où il trouverait un magasin ouvert à cette heure-ci : le ravitaillement du week-end, sinon de toute sa vie à venir, allait être une sacrée aventure. Seul problème : il n'avait pas le cœur à ça. Une nouvelle fois il vérifia ses poches pour s'assurer qu'il avait assez d'argent, une nouvelle fois il claqua la porte sur l'appartement peuplé de fantômes, et sortit arpenter Notting Hill à la recherche de sa pitance. Il choisit la mauvaise direction et dut marcher dix bonnes minutes avant de tomber sur une boutique ouverte, où il parvint à dénicher tout ce dont il pensait avoir besoin, soit deux grands sacs en plastique bourrés à craquer. Le magasin était plein de gens comme lui, des âmes égarées achetant des provisions un samedi soir. Ce ne fut qu'en rentrant à l'appartement et en déposant son chargement sur la table de la cuisine qu'il aperçut enfin le mot de Nicola.

Elle lui avait laissé un mot… oui, il s'en souvenait, maintenant. Elle lui avait dit qu'elle lui avait laissé un mot. Il avait complètement oublié, avec tout ça. Tout ça… qu'est-ce qui, dans « tout ça », avait pu le lui faire oublier ? Là sur la table, l'attendant après sa traversée du Léthé, gisait le mot de Nicola : le dernier message qu'elle lui ait adressé avant de partir. Il n'avait pas envie de le lire… pas tout de suite. Pourtant il fallait. Oui, mais d'abord il allait déboucher cette bouteille de graves qu'il avait remarquée dans la porte du frigo. Toujours avoir au frais une bouteille de vin blanc : il y a des moments où on a absolument besoin d'un *petit coup de blanc**. Tire-bouchon, verre, extraire le bouchon. Verser. Humer. Goûter. Feu de bois, framboise, potasse, que sais-je encore. La Hunter Valley peut aller se rhabiller… Un autre *petit coup**. Bon ; maintenant, le mot de Nicola.

DERNIÈRE MINUTE

1. Cartons marqués Oxfam sous fenêtre chambre.
2. Trois autres cartons de mes affaires dans armoire, à récupérer dès que possible.
3. Ne pas oublier laisser argent pour Mrs Brick le merc. matin – 20 £ (en liquide).

Je t'ai laissé un mot, avait-elle dit. *Il n'y a rien d'autre à dire.* Non, en effet : pourquoi épiloguer ? Le message avait le mérite d'être succinct. Il n'y avait rien eu à ajouter, il n'y avait toujours rien.

46

« Comment va Nicola, alors ?

– Tu as bien vu, non ?

– Elle m'a l'air en pleine forme, je ne vois pas pourquoi tu as fait tout un foin comme ça. Avec tes tringles, et ainsi de suite.

– Ma parole, tu es totalement insensible ou quoi ? Elle fait bonne figure. Avec beaucoup de courage. Elle est accablée de chagrin, voilà comment elle va en réalité.

– Tu es sérieuse ? Vraiment ?

– Réponse oui et oui. Sans plaisanter, elle est complètement accablée de chagrin. Elle a des épisodes de calme et de lucidité, et puis d'un seul coup… elle s'effondre. Elle est en état de choc, de choc clinique. C'est bel et bien comme un deuil.

– Ah.

– Alors fais attention, d'accord ? Vas-y doucement.

– J'y vais toujours doucement.

– Et fais attention à ce que tu dis.

– Tout ça pour cette chiffe molle de Jonathan.

– Elle l'aime, tu comprends. Elle l'aime. Elle lui a donné son cœur et il l'a brisé.

– On dirait des paroles de country… Je vais peut-être écrire une chanson, et on sera tous riches. Elle lui a donné son cœur et il l'a brisé. Ça me plaît. Guy pourra avoir un cheval. Chouette !

– Du moment que tu ne la testes pas devant Nicola. Rappelle-toi ce que je t'ai dit. D'accord ?

– Ouais, ouais, bien sûr. Écoute, assez parlé de Nicola. Tu peux éteindre la lumière ? Je tombe… de… sommeil… la journée… a été… très très longue. »

Et la journée de demain risque d'être tout aussi longue, songea Susannah dans le noir. Maudit Jonathan. Misérable crétin.

Dans l'atelier de Susannah en haut de la maison avec vue sur le jardin de derrière, Nicola, dans son lit inconnu, pensait aussi à Jonathan. Toutes les réflexions solitaires et toutes les discussions avec son amie, si raisonnable en apparence que soit leur conclusion, ne pouvaient épuiser le sujet. Nicola était hantée par le soupçon qu'elle était passée à côté de quelque chose, qu'il y avait quelque chose de terriblement grave qui avait échappé à sa perspicacité, mais que cette chose, aucune réflexion ni aucune discussion ne saurait jamais la clarifier. Pourtant, cette nuit, comme toutes les nuits, comme bien souvent dans la journée, elle pénétrait une fois de plus dans le labyrinthe de sa mémoire, espérant trouver, enfin, le chemin vers la bête qui était peut-être tapie au fond. Il se pouvait que Susannah ait raison de considérer que Jonathan déraillait. Mais n'était-il pas possible que ce soit elle, Nicola, qui ait une case en moins ? Et que Jonathan, percevant le problème, se soit dit à juste titre : en fait, je n'aime pas cette fille ; finissons-en.

Mais, en admettant que ce soit le cas, elle aurait préféré, et de loin, qu'il s'y prenne autrement. La cruauté de sa froide indifférence lui avait déchiré le cœur. Elle s'en souviendrait avec autant d'effroi que de honte jusqu'à la fin de ses jours. Cette cruauté la convainquait presque que c'était bien elle la fautive, or le pire dans l'histoire c'était qu'elle ne voyait pas de quoi elle était coupable. Il était plus de trois heures du matin quand elle finit par s'endormir. Ainsi s'écoula sa première nuit loin de sa maison, maison dont la perte décuplait le chagrin qui dévorait tout son être.

47

C'était une journée venteuse et incertaine. Les nuages rapides ne semblaient sur le point de s'amonceler et d'assombrir le ciel que pour s'éparpiller à nouveau et laisser s'affirmer le soleil : on n'arrivait pas à savoir si on devait sortir et, si oui, pour aller loin ou non.

« On va juste faire un petit footing sur le terrain communal, dit Susannah, d'accord ? »

Nicola, qui essuyait la vaisselle du déjeuner, ne répondit rien. Elle se plierait à tout ce qu'on déciderait. Elle ne voulait pas causer d'embarras. Guy se mit à faire des suggestions plus ambitieuses, pour ne pas dire complètement extravagantes ; on sonna à la porte.

« J'y vais », annonça Nicola de manière inattendue.

Susannah, sourcils dressés, lança à Geoffrey un regard éloquent : qu'est-ce qu'elle lui avait dit ?

Nicola ouvrit la porte. Devant elle se tenait un petit barbu plutôt rondouillard et vaguement rouquin avec un bébé dans une poussette.

Il la regarda, surpris. « Oh ! Geoffrey n'est pas là ? Ni Susannah ? »

En apprenant que si, il entra, poussant le bébé devant lui sans plus de cérémonie, tandis que Nicola (le cœur battant de déception) retournait dans la cuisine pour avertir ses hôtes. Ils arrivèrent.

« Ah, Sam, dirent-ils. Nicola, voici Sam. Et voici la petite Chloe. Bonjour, Chloe. Viens dans le salon, Sam. »

Le salon – aux cloisons abattues – occupait pratiquement tout le rez-de-chaussée ; la cuisine avait été reléguée à l'arrière. Sam plaça la poussette avec le bébé dans un coin, mit le frein, puis tout le monde s'assit.

« Tu veux du café ? demanda Susannah. J'allais justement en faire. On vient de finir de déjeuner.

– Je ne dis pas non, répondit Sam. Si tu en fais de toute façon. »

Il examina la pièce, surtout les tableaux accrochés aux murs, d'un œil franchement inquisiteur, comme pour vérifier si un objet nouveau ou précieux, ou les deux à la fois, y était apparu depuis sa dernière visite.

« Vous avez encore ce Hodgkin, je vois. » Il formulait souvent cette remarque, qui signifiait en fait : vous devez bien vous en sortir, si vous n'avez pas à vous séparer de votre Hodgkin.

« Eh ouais, acquiesça Geoffrey, onctueux, sans

cacher sa satisfaction. On l'a toujours ! » Pour un peu, il se serait léché les babines.

C'était un tout petit Hodgkin qu'une rentrée d'argent imprévue leur avait permis d'acheter il y a environ un million d'années, quand ils n'avaient pas de crédit immobilier sur le dos ni d'enfant et tout ce qui va avec, mais Sam ne tenait pas compte de ces détails-là.

« J'ai vu un petit Sutton pas dégueulasse l'autre jour, dit-il. Pas les moyens, bien sûr. » Il émit une sorte de pouffement qui traduisait mieux que des mots l'impossibilité pour lui de s'offrir une telle œuvre, mais aussi l'indéniable turpitude de ceux qui pouvaient le faire.

« Ah, fit Geoffrey tout guilleret, ignorant apparemment le sous-entendu. Un Sutton, oui… On n'a pas de Sutton. » Comme s'il s'agissait d'une simple négligence, un oubli à combler dans une collection éclectique et néanmoins sérieuse. « Combien ils en voulaient ?

– Oh, tu sais, répondit Sam, lugubre, une somme à cinq chiffres. Ne m'en demande pas plus. » Si je ne peux pas l'avoir, pas question que toi, tu te l'offres, semblait-il dire. D'ailleurs, je ne te dirai pas où je l'ai vu !

« Dans Cork Street, non ? fit Geoffrey innocemment. Qui le représente aujourd'hui ? » Comme s'il était impératif qu'il le sache.

« Franchement, je ne me souviens pas, dit Sam, presque agacé. Une de ces fripouilles, quelle importance laquelle ? » Ah, là, il lui avait rivé son clou. Il balaya à nouveau la pièce du regard pour changer de sujet. « Ce fauteuil est nouveau, non ? demanda-t-il, presque accusateur.

– Pas vraiment, dit Geoffrey, cherchant l'apaisement. Nouveau pour cette pièce. Il était en haut.

– Ah oui ? », fit Sam, comme pour dire : voilà bien les riches. Des fauteuils partout. En bas, mais aussi en haut.

« Joli, n'empêche, hein ? poursuivit Geoffrey, affable. Arts and Crafts. On avait eu du pif sur ce coup-là. On ne pourrait plus se le payer aujourd'hui.

– Non, répliqua Sam d'un ton brusque. Je me doute que non. »

Revenue avec le café au milieu de cet échange, Susannah n'avait cessé de décocher des œillades de mise en garde à Geoffrey, qui s'était employé à les ignorer. Elle décida de saisir sa chance. « Tu l'aimes comment ? demanda-t-elle au visiteur, après avoir servi Nicola. Du lait ? Du sucre ?

– Oui. S'il te plaît. La totale. » Vas-y, presse-les comme des citrons…

Le plus drôle dans tout ça, comme Susannah et Geoffrey l'expliquèrent ensuite à Nicola – qui avait assisté à la scène les yeux écarquillés d'étonnement –, c'était que Sam était un collègue de Geoffrey et avait exactement le même niveau de salaire ; même si, bien sûr, il se pouvait qu'Helen gagne moins que Susannah. Il se pouvait aussi, bien sûr, qu'elle gagne plus. Au fond peu importait : en fait, Sam et Helen étaient aussi riches qu'eux, et eux aussi pauvres que Sam et Helen.

Guy, peut-être contaminé par le besoin de Sam de jouir de tous les luxes de ce monde, peut-être de son propre chef, demanda si quelqu'un n'avait pas envie d'un chocolat et reçut la permission d'aller chercher la boîte, avec laquelle il revint approximativement à la vitesse de la lumière. Nicola n'en ayant pas voulu, ils furent proposés à Sam.

« Mmmm », fit-il, l'air de dire : des chocolats, pour couronner le tout.

Sa main plana au-dessus de l'assortiment, et il en choisit un. Avant de le manger, il l'éleva jusqu'à ses yeux comme pour en déterminer la provenance, puis il l'engouffra.

« Dites ! s'exclama-t-il. Ce chocolat est sublime ! »

L'expression si candide de son plaisir compensait presque sa malveillance précédente : Susannah fut tentée de lui pardonner tandis que Geoffrey, qui s'était délecté de ce petit jeu, n'avait rien à pardonner.

« Oui, confirma Susannah. C'est un cadeau de Nicola. De chez Fortnum. Excellents, pas vrai ? » Elle se retint in extremis de souligner que le prix faisait souvent la qualité. « Reprends-en un, dit-elle.

– D'accord. Rien qu'un. »

Délaissé, le bébé poussa un hurlement.

« Oh, elle en veut un aussi ! s'écria Nicola, demeurée jusque-là silencieuse et pensive.

– Non, fit Sam sèchement. Pas question. Ils sont trop riches pour elle, elle serait malade. »

Le bébé commença à vagir.

« Rien qu'un tout petit bout, insista Nicola. Je vais lui donner un tout petit bout du mien. »

Elle prit le plus petit qu'elle trouva, en l'occurrence une amande enrobée de chocolat, et, détachant d'un coup de dent un morceau de l'enrobage, elle le donna au bébé, qui cessa aussitôt de beugler et se mit à sourire et à agiter joyeusement les bras. Puis la fillette se mit à regarder autour d'elle, dans l'espoir d'une autre ration ; son sourire s'évanouit et, timidement, elle se remit à vagir.

« Elle ne la fermera jamais, maintenant, lâcha Sam avec colère. J'espérais au moins qu'elle dormirait pendant que je serais ici. » Il pouvait dire adieu à sa vie sociale pour l'après-midi.

« Vous voulez que je la sorte ? demanda Nicola. Je pourrais l'emmener se promener si vous voulez. »

Cette proposition surprit tout le monde, à commencer par Sam. Il n'avait jusqu'alors prêté aucune attention à Nicola, qui, dans la pièce, était pourtant le seul article nouveau et précieux depuis sa dernière visite.

Il tourna la tête pour la dévisager, réellement stupéfait. « Euh… Si vous voulez. Oui, si vous voulez.

Oui, ce serait très gentil. Si vous êtes sûre de pouvoir la mater. »

On aurait cru qu'il parlait d'un doberman.

« Ça devrait aller, dit Nicola. Je vais juste chercher ma veste. »

Le bébé avait interrompu ses vagissements hésitants et écoutait ce dialogue avec intérêt ; il gigotait, à l'évidence satisfait de la conclusion trouvée. Lorsque Nicola revint et empoigna la poussette pour sortir de la pièce, la fillette se remit à agiter joyeusement les bras en émettant de petits cris de bonheur, et leur duo quitta la maison.

48

« Je me demande ce qui s'est passé, côté Jonathan et Nicola.

– Comment ça ?

– Je t'ai dit. Il l'a plaquée. En tout cas aux dernières nouvelles. Je me demandais s'ils étaient arrivés à se rabibocher.

– Oh, sûrement. Il ne peut pas se permettre de merder à l'âge qu'il a. Il faut bien se ranger tôt ou tard, dupliquer ce bon vieil ADN avant que l'emballage dépasse la date de péremption… c'est pour ça qu'on est sur cette terre.

– C'est marrant, je croyais qu'on était sur cette terre pour rechercher la bonté, la vérité et la beauté.

– Non, non, ça c'est juste une option, mais cette histoire d'ADN, impossible d'y couper. Il est temps que Jonathan s'y mette.

– Peut-être qu'il n'en a pas envie.

– Remarque, au fond, ce ne sont pas nos affaires. Tiens, à ce propos… » Alfred posa sa tasse de café et se rapprocha légèrement de Lizzie. « Tu n'aurais pas un peu réfléchi à cette idée de donner un petit frère ou une petite sœur à Henrietta ? » Il avait l'air un peu triste.

Lizzie appuya sa tête contre l'épaule d'Alfred. « Ce n'est pas évident de trouver le temps. Il faut que tu comprennes.

– Oui, oui, je sais. Mais ce sera toujours comme ça. Et à la fin il sera trop tard. » Il avait l'air encore plus triste.

« Je suis désolée, Alf. Je ne peux vraiment pas maintenant. C'est une période cruciale pour les indépendants. Peut-être dans six mois. Je ne peux pas te dire mieux pour l'instant.

– D'accord, fit Alfred, toujours triste, mais résigné. D'accord. Qu'est-ce que tu veux que je dise ?

– Vois le bon côté des choses.

– C'est-à-dire ?

– Tu sais quels dégâts un enfant peut faire dans un couple. Enfin quoi, on est heureux comme ça, non ?

– Bien sûr qu'on est heureux. Je ne voudrais pas d'un deuxième gosse, sinon.

– C'est sûr, mais imagine qu'un deuxième gosse vienne tout bousiller ? Ça ne vaudrait pas le coup, si ?

– Non, évidemment que non, mais pourquoi il bousillerait tout ?

– Ça peut arriver. Regarde les Maclis.

– Oh. Eux. Mais…

– Ils s'entendaient à merveille avant d'avoir Percy, et le gamin commençait à peine à marcher que tout était foutu entre eux. Affreux. Pauvre Claire.

– Et pauvre Alex, à ce compte-là. Il m'a appelé l'autre jour, au fait ; il veut m'emmener picoler et me poser un tas de questions : il écrit un grand papier sur l'affaire Lloyd's.

– Tu vas l'aider ?

– Pourquoi pas ? J'aime rendre service, comme tu sais.

– Rendre service, en voilà une notion intéressante... Typiquement humaine. Je suis sûre que les animaux, eux, ne se sentent pas obligés de rendre service. Ce qui me fait penser : je vais devoir téléphoner à Nicola pour vérifier si tout va bien. Elle était tellement bouleversée la dernière fois.

– Alors fais-le, s'il le faut. Tu seras débarrassée.

– Oui, mais j'ai peur de tomber sur Jonathan, et ce serait gênant, puisqu'il ne sait sans doute pas que je sais, et que je ne pourrais pas lui dire que je sais, alors que je n'ai rien d'autre à lui dire ; c'est à Nicola que je veux parler.

– Si ce n'est pas elle qui répond, prétends que tu t'es trompée de numéro et raccroche.

– Tu as déjà fait ça ?

– Une fois ou deux. Dans ma folle et turbulente jeunesse.

– Je crois qu'il vaut mieux que j'attende et que je l'appelle au bureau.

– Oui, très bien, tu n'as qu'à faire ça. »

Mais naturellement, avec tout le boulot qu'elle avait – c'était en effet une période cruciale pour les indépendants –, elle oublia d'appeler. Tant pis, au fond, ce n'était pas si grave.

49

« Elle va arriver à se débrouiller ? demanda Sam, s'inquiétant comme de juste à retardement.

– Elle devrait, lui assura Geoffrey. Je suppose.

– Bien sûr que oui, s'empressa d'affirmer Susannah. Elle a des neveux et nièces, elle a beaucoup d'expérience ; elle gardait même Guy de temps en temps. Guy, ce serait peut-être une bonne idée que tu les rattrapes à vélo pour être sûr que Nicola connaît le chemin du terrain communal, au cas où elle voudrait aller là-bas. Et puis on a besoin de lait, alors tu pourrais peut-être en prendre, tu veux ?

– Bon, d'accord, fit Guy sans grand enthousiasme.

– Merci, mon chéri », dit sa mère.

Il fila et peu après ils l'entendirent qui s'en allait.

« Un gamin bien serviable que vous avez là », commenta Sam. Leurs privilèges n'avaient donc pas de fin ?

Geoffrey afficha une expression de sagesse. « Oui, acquiesça-t-il. On considère que si on inculque le sens esthétique à un enfant, le reste suivra. Ça semble avoir marché jusqu'ici. » Il se tut puis se tourna vers sa femme. « Tu ne dirais pas ça, Susannah ? »

Sans répondre, elle se tourna vers Sam. « Comment ça se passe à Cardamon Road ? Comment va Helen ?

– Oh, Helen… c'est à cause d'elle si j'ai amené Chloe. Tu peux emmener cette gamine faire un tour, j'ai besoin d'espace, elle m'a dit. D'espace ! Dans une maison de six pièces, elle a besoin d'espace !

– Elle voulait sûrement dire qu'elle avait besoin de temps, expliqua Susannah. Comment va la maison ? » Au moins, me voilà tirée de ce guêpier, songea-t-elle. Sam avait paru oppressé, mais il ne se déridait toujours pas. Hou là là, quoi encore ? Elle s'était tirée du guêpier, mais le danger persistait.

« Cette maison est mon Waterloo », déclara Sam d'un ton dramatique.

Le parallèle, à ce stade, entre Sam et Napoléon était du plus haut ridicule ; Geoffrey et Susannah ne purent réprimer un fou rire. Après une seconde d'intense perplexité, Sam se mit à rire à son tour, et bientôt il se gondolait autant qu'eux.

Ayant (quoique par inadvertance) attrapé la balle au bond, il courait maintenant avec, leur énumérant toutes les folles mésaventures et autres catastrophes que seul peut essuyer un *bricoleur** amateur. Les larmes leur coulaient à flots sur les joues et ils demandèrent grâce, mais Sam ne montra aucune pitié, et resta assis là, l'air lugubre et désespéré, à corser inlassablement son récit.

« Et avec tout ça, conclut-il enfin, je n'ai même pas touché au dernier étage. Rien n'a bougé, pas même l'évier de la cuisine. La pièce de devant était censée devenir la chambre de Chloe, avec un bureau pour moi à l'arrière, un peu comme ce que vous avez ici ; résultat, la gamine est juste à côté de notre chambre. Tu m'étonnes que notre vie sexuelle soit au point mort... Ce serait peut-être le cas de toute façon, mais ça n'a pas arrangé les choses.

– N'empêche, la cuisine doit être drôlement belle, intervint Susannah.

– Ha ! s'écria Sam sans aucune joie. Elle est venue à bout de toutes mes bonnes intentions et de tout mon optimisme fondamental. Si on aime ce genre de chose, elle est vachement belle. Moi, elle me ferait plutôt gerber. » Il fixa ses hôtes d'un œil belliqueux, comme s'il les mettait au défi de l'encourager à vomir.

Geoffrey et Susannah s'esclaffèrent à nouveau, et furent bientôt presque aussi pliés de rire que précédemment.

« En tout cas, reprit Sam, ce qu'il y a de bien, c'est que je vais devoir modérer mes ardeurs quelque temps... » Ses « ardeurs » ! C'était trop, les larmes leur revinrent aux yeux. Sam les regarda l'un après l'autre avec stupéfaction, mais, ne trouvant pas d'explication à leur regain d'hilarité, il poursuivit : « ... parce qu'on a des emmerdes de trésorerie, ne me demandez pas comment. Je ne sais pas ce qui est pire, continuer comme ça dans le vain espoir de finir les travaux un jour, ou arrêter temporairement les frais. S'il y a un truc que j'ai appris sur le bricolage, c'est que ça coûte les yeux de la tête. À vrai dire, on pense louer le dernier étage à un étudiant ou à un autre malheureux aux abois. Avec cette pièce à l'arrière toujours plus ou moins aménagée en cuisine, il ne serait pas trop dans nos pattes, et il aurait seulement à partager la salle de bains. C'est ce qu'on fera sans doute, après Pâques.

– Ah, oui, dit Susannah. Pâques. Est-ce que vous partez ?

– Si on peut appeler “partir” aller chez mes parents, répondit Sam. Une escapade qui ne remplit aucune des conditions essentielles à part les plus pénibles. Enfin bon, au moins, on sera débarrassés de Chloe. Elle sera prise en charge de A à Z. C'est toujours ça. Dommage qu'on ne puisse pas l'expédier toute seule pour être récupérée à destination comme une tête de bétail, mais le British Rail ne veut pas. Pas étonnant qu'ils battent de l'aile. Ils ne proposent pas les services dont les clients ont réellement besoin. Du coup, on est obligés de l'emmener nous-mêmes et de poireauter là-bas jusqu'à ce qu'il soit temps de la ramener.

– Où est-ce qu'ils habitent, déjà ? demanda Susannah.

– En Cornouailles », répondit Sam d'un ton sinistre.

On aurait cru que ce nom désignait un des trous les plus mal famés du royaume.

« Ça a l'air charmant, commenta Susannah avec fermeté.

– Oh, pour être charmant, ça l'est, dit Sam, comme si le charme était le plus élémentaire et le plus dérisoire des attributs.

– Que demander de plus ? renchérit Geoffrey pour la forme.

– Ah, si seulement je savais », répliqua Sam, dont l'ignorance en la matière, c'était clair comme de l'eau de roche, n'empêchait pas la frustration…

La sonnette de l'entrée fit voler en éclats cet instant de clarté cristalline.

« Ça doit être Nicola, annonça Susannah.

– Et aussi Chloe, avec un peu de chance, plaisanta Geoffrey. Je vais voir.

– Elle va encore être trempée, dit Sam d'un ton lugubre. Je vous jure, cette gamine devrait être rattachée directement aux Eaux usées. On pourrait enfin être un peu tranquilles.

– La petite chérie, protesta Susannah avec tendresse. Le petit trésor.

– Ha ! pouffa Sam. Si tu le dis. »

50

Sam était reparti chez lui avec le bébé et la perceuse électrique, dont la récupération était le motif de sa visite, et Nicola parcourait les offres d'emploi dans le *Guardian* de la veille.

Elle les consultait souvent, si suprêmement inutile que ce soit : c'était bien connu, personne ne décrochait jamais les boulots en question ; personne n'était même jamais sélectionné. L'exercice s'apparentait à une discipline artistique : de temps en temps on pouvait s'y adonner plus activement en envoyant une candidature, mais il était capital dans ces cas-là d'adopter une attitude dadaïste.

« Festival littéraire de Scunthorpe, lut-elle. Assistant(e) du directeur. »

Pile dans ses cordes. Ses qualifications correspondaient exactement à ce genre de poste ; elle n'avait pas la moindre chance d'être retenue. C'était un contrat de six mois censé débuter le premier juin. Elle compta sur ses doigts. Terminé avant l'hiver. C'était parfait.

« Tu ne préférerais pas profiter de ton dimanche ?

– Non, ça va, j'aime autant regarder les annonces. Je les ai loupées hier. »

Scunthorpe : le moyen idéal d'échapper au chaos atrocement angoissant dans lequel sa vie avait basculé.

« Je crois que je vais poser ma candidature pour ce poste à Scunthorpe, dit-elle.

– Oh non, tu ne vas pas faire ça !

– Je pense que si. Ne t'inquiète pas, je ne serai pas prise.

– Alors pourquoi t'embêter ?

– Il faut bien que quelqu'un se dévoue.

– Pourquoi toi ?

– J'en ai envie, c'est tout.

– Enfin, du moment que tu ne décroches pas le poste.

– Non, absolument aucun risque. »

Susannah étudiait le visage de son amie. S'il était trop tôt pour parler d'amélioration, un changement notable semblait s'être opéré ces dernières heures : pouvait-on espérer une guérison précoce ?

« Guy passe le reste de l'après-midi chez son copain. On se disait qu'on se ferait peut-être un film qui soit vraiment pour adultes. Ça te tente ?

– Quel film ?

– Voyons si tu devines.

– Il passe où ?

– Au NFT.

– *Les Enfants du Paradis**.
– Non.
– Je donne ma langue au chat.
– Allez, encore un essai.
– Euh… *Chantons sous la pluie.*
– Non ! L'autre.
– Je ne vois pas. Tu parles des *Chaussons rouges* ?
– Non, non. Le deuxième autre. *Eve.* Tu viens avec nous ? »

Nicola se redressa. « Un peu que je viens ! s'écria-t-elle.

– Bon, on a intérêt à se magner. La séance est à cinq heures. Je vais chercher Geoff. »

Elle monta ; il lui avait emprunté son ordi et était en train d'écrire quelque chose sur le traitement de texte.

« Je crois que notre Nicola est en train de connaître une guérison miracle.

– Super, dit Geoffrey.

– On va voir ce film au NFT, il faut qu'on se dépêche.

– D'accord.

– J'aimerais que tu sois plus étonné de sa guérison, dit Susannah.

– Je ne suis pas étonné du tout. Enfin quoi, un jour ou deux avec moi et elle ne peut que voir quelle chiffe molle et quel minable est vraiment Jonathan. Ça tombe sous le sens.

– Certes. Où avais-je la tête ? Bon, tu pourras nous offrir nos places, alors. Ça clôturera le chapitre. »

Il les invita, mais, tous trois l'ignoraient, ça ne clôtura rien. Il y avait des choses que même Susannah ne savait pas. Il y avait des choses que même Nicola ne savait pas, ou ne savait pas qu'elle savait. Dans la vie, tout compte fait, on ne sait pratiquement rien.

51

Au retour (ceintures bien attachées), ils passèrent prendre Guy et achetèrent des plats indiens à emporter. Pendant le dîner, Susannah souleva la question de Pâques, qui tombait le week-end suivant.

« Tu as quelque chose de prévu ? demanda-t-elle avec précaution à Nicola. Sinon tu peux venir avec nous. Il y a plein de place. »

C'était une légère exagération, mais qui ne porta pas à conséquence puisque Nicola répondit qu'elle comptait aller quelques jours chez ses parents.

« Il faut que je leur explique, dit-elle. Je ne peux pas faire ça au téléphone. »

Ses traits se décomposèrent et Susannah tâcha de faire évoluer la conversation. « Mais le reste du temps, ça ira, ici, si on n'est pas là ? On sera absents du vendredi saint jusqu'au samedi d'après. Je ne veux pas que tu te sentes seule.

– Non, tout ira bien, déclara Nicola d'un ton ferme. Tout ira très bien. » Elle appréhendait terriblement.

« Tu pourrais nous rejoindre après le Sussex, insista Susannah.

– Je ne peux pas, il faut que je revienne bosser.

– J'oubliais, dit Susannah.

– Tout ira bien, répéta Nicola.

– On demandera à Sam et Helen d'avoir l'œil sur toi, intervint Geoffrey. À leur retour de Cornouailles, en tout cas. Qu'est-ce que tu en dis ? »

Tout le monde s'esclaffa, puis Susannah et Geoffrey racontèrent à Nicola les épisodes qu'elle avait ratés pendant sa promenade avec Chloe, et d'autres détails concernant Sam et Helen. Susannah se rappela soudain l'allusion de Sam à ses problèmes de trésorerie.

« Un petit *pied-à-terre** en perspective… dit-elle. Ça pourrait peut-être t'intéresser, qui sait ? » ajouta-t-elle, plus comme une plaisanterie.

Nicola posa sa fourchette et regarda son amie. « Comment ça ? »

Susannah expliqua. « Quand ils l'ont achetée, la maison était divisée en studios et ils n'ont pas encore refait le dernier étage. Il y a une pièce sur le devant, comme la chambre de Guy ici, et la pièce de derrière est une cuisine. Moi-même je n'ai pas vu les lieux, mais Geoffrey oui.

– C'est immonde, dit-il. Tu ne t'y plairais pas du tout. C'est complètement hors de question.

– Mais ça pourrait convenir provisoirement, protesta Nicola. Il me faut un abri.

– Voyons, un abri, tu en as un ! s'exclama Susannah. Tu as un charmant abri ici même. On t'a installé une tringle, et Guy t'a laissée jouer avec ses souris… comment peux-tu ne serait-ce qu'envisager un autre abri ?

– Elle pourra emporter les souris, si elle veut, dit Guy. Ça ne me dérange pas.

– Vous êtes tous adorables. Mais il est exclu que je m'incruste. De toute façon, c'est un peu prématuré, ils ne voudront peut-être pas me louer le studio.

– Ne t'en fais pas pour ça, dit Geoffrey. S'il veut continuer à profiter de ma perceuse, Sam devra obéir à mes ordres. Si tu veux cette piaule, tu n'as qu'un mot à dire et je t'arrangerai ça sans problème.

– Mais tu viens de dire qu'elle était horrible, se récria Susannah.

– Le mieux serait que je la voie. Et alors je déciderai. »

Susannah avait l'air à la fois sceptique et déconcertée. « Bon, j'appellerai Helen demain matin pour tâter le terrain. On avisera ensuite.

– Merci », dit Nicola.

Voilà comment Nicola, à son retour du bureau le lendemain soir, se retrouva avec Susannah et Guy (qui avait insisté) en train de monter l'escalier de Sam pour aller inspecter l'abri éventuel. Geoffrey avait dit vrai, mais il fut conclu qu'après un grand ménage et une couche de peinture blanche le logement serait tout à fait acceptable. Dès qu'Helen comprit que Nicola n'aurait rien contre garder Chloe certains soirs, elle n'eut plus ni questions ni réserves, mais exhorta la candidate à emménager dans la seconde. Il fut cependant convenu que Nicola attendrait que Susannah et Geoffrey soient rentrés de leurs vacances de Pâques, dans un peu moins de quinze jours.

52

La chambre d'ami était minuscule, presque un cagibi, mais Jonathan s'était dit autant continuer à dormir là, maintenant que ses affaires s'y trouvaient. Pourquoi s'embêter à les redéménager dans la chambre principale ? Le seul vrai problème à présent était ses chemises : leur lavage, leur séchage et leur repassage. Un problème réel et même urgent, dont il allait devoir s'occuper sans délai.

Quant au reste, maintenant qu'il n'y avait personne pour scruter son âme, il ne savait plus trop où elle était passée. Elle semblait s'être envolée juste assez loin pour lui échapper. Désormais c'était lui qui scrutait, qui essayait de cerner son âme, de manière à s'assurer (car un doute aussi étrange qu'irrationnel s'était immiscé en lui) qu'il avait pris la bonne décision. Il savait qu'il avait raison, mais il ne se sentait pas bien, et à quoi bon avoir raison si on devait se sentir mal ? Tout l'intérêt d'avoir raison était quand même de se sentir bien… Enfin bref, il n'allait pas rester allongé là à réfléchir. Ce qu'il fallait qu'il fasse, c'était se lever et s'occuper de ses chemises.

Il réussit à charger le lave-linge et à le mettre en marche. Maintenant, le petit-déjeuner… Il s'attela à la tâche. On était dimanche et il pouvait prendre tout le temps qu'il voulait. Il pouvait préparer du vrai café, et même faire chauffer le lait. Se faire griller des tas de toasts. Et trouver quelque chose à mettre sur les toasts. Il ouvrit le placard pour voir s'il y avait du miel, ou peut-être de la confiture de fraises, et il vit la marmelade.

« Marmelade », disait l'étiquette manuscrite. Puis le mois et l'année. On faisait toujours ça, inscrire la date. C'était une pratique ancestrale héritée d'une époque où cette information était pertinente, si ce n'est essentielle. Une forme primitive du « à consommer avant le ». Une précision tout à fait superflue aujourd'hui, mais qu'on s'obstinait à donner. Comme la confection de confiture maison, un geste emblématique, tout à fait superflu aujourd'hui, en cette ère de production mondialisée. Bien sûr, on prétendait que la confiture maison était meilleure. Ah oui ? Vraiment ?

C'était un grand pot, un de ces bocaux d'un kilo ; son contenu était d'une riche teinte fauve, presque brune. Il n'existait pas, à sa connaissance, de nom pour cette couleur, mais, en regardant la confiture, on pouvait imaginer le goût qu'elle aurait. Il se rendit compte que c'était exactement ce dont il avait envie. Il avait une envie folle de cette confiture, il rêvait de la goûter. De la marmelade. *Mais autrefois tu adorais la marmelade. Je t'en envoyais toujours à la pension.* Il se souvenait, maintenant ; il se revoyait s'en régaler à même le bocal. C'était une nourriture divine. Une nourriture emblématique. C'était vrai, celle du commerce n'avait absolument pas le même goût ; elle n'atteignait pas cet équilibre entre l'acidité et la douceur qui constituait l'essence de la chose. Oui, de la marmelade. De la marmelade, oui.

De la marmelade… non. Cette marmelade appartenait à Nicola. *Il faudra que je me souvienne de l'emporter quand je partirai.* Elle l'avait oubliée. Il pouvait la mettre dans la chambre avec ses autres affaires, « à récupérer dès que possible ». Pas maintenant, plus tard. Plus tard, plus tard. Les toasts vont être froids. Aucune importance. Il trouva de la confiture de groseille et s'assit.

Petit-déjeuner du dimanche dans l'appartement vide et silencieux : les vieux routiers du Parlement auraient déclaré… Son âme était là où elle avait toujours été, à ce point de jonction évanescent entre le cerveau et l'esprit ; elle était rentrée au bercail – ou il était lui-même rentré au bercail – exactement comme le petit agneau de Mary dans la comptine. Cette marmelade était celle de Nicola, et ils n'étaient plus en mode partage de marmelade. Il savait qu'il avait eu raison en principe, par essence : c'était aux détails concrets qu'il n'était pas évident de s'habituer. Tant pis pour la marmelade. Eh oui, l'équilibre entre l'acidité et la douceur constituait l'essence de la chose.

53

On était mardi matin et Nicola, dans le café, mangeait un croissant en pensant avec désespoir aux choses qui lui restaient à faire. Cela devenait plus dur, pas plus facile, au fil du temps : à mesure que le choc s'estompait, la douleur semblait s'accroître. Il y avait des moments où elle était tout à fait insupportable : pouvait-on réellement survivre à une telle expérience ?

Il lui restait des choses à faire qu'elle n'était pas en mesure d'affronter. Des choses qui ne pouvaient être faites qu'au dernier moment. Vous ne saviez que ce moment était arrivé que lorsqu'il vous empoignait dans sa serre glacée. Elle devait encore, par exemple, demander à la Poste de faire suivre son courrier : cette démarche dépassait ses capacités actuelles, car elle ne savait pas exactement où elle habitait, ni pour combien de temps. Elle avait, après réflexion, présenté sa candidature pour Scunthorpe en donnant l'adresse de Notting Hill : tant que la vente n'était pas effective, il lui semblait que c'était son domicile officiel. D'ici là, informer ses autres amis de son changement de situation constituait une chose de plus à redouter, et à différer. Elle avait besoin de toute sa détermination pour les choses qui ne pouvaient attendre ; Scunthorpe n'avait été qu'une diversion, un projet entrepris parce que totalement secondaire, pour ne pas dire frivole. Ce constat la fit presque sourire et, jetant un coup d'œil à la pendule sur le mur pour vérifier qu'elle avait le temps, elle alluma une cigarette.

Une voix vint couper court à sa rêverie. « Nicola ! Mais qu'est-ce que tu mijotes, tapie là tel un cygne en deuil ? »

Elle leva la tête et découvrit Philip Colebrook, un graphiste qui qualifiait lui-même son talent d'*extraordinaire**. Parmi ses collègues, il était ce qui se rapprochait le plus d'un joyeux compère ; un camarade avec qui cancaner et avec qui glousser. Elle lui sourit. « Tu te joins à moi ? » proposa-t-elle.

Il s'assit. « Je ne t'ai jamais vue ici. J'aurais dû me douter que quelqu'un finirait par trouver mon repaire, et que ce serait toi.

– Je ne le dirai à personne.

– Oui, je t'en supplie. Pourquoi ces lunettes noires ?

– Pour me cacher derrière.

– Te cacher de quoi ?

– De moi-même. »

Philip eut une seconde d'hésitation. « Comment va

ton juriste, ce mec avec qui t'es maquée ? Il t'a pas filé un œil au beurre noir, quand même ?

– Non. Plutôt un cœur au beurre noir. »

Philip parut choqué.

« Tu ne veux pas dire… » Nicola éteignit sa cigarette.

« Il faut aller bosser. Regarde l'heure qu'il est. Il m'a plaquée. *C'est fini**. On est séparés. J'habite à Clapham, depuis samedi dernier. C'est provisoire. S'il te plaît, n'en parle à personne. »

Philip parut encore plus choqué. « Oh, Nicola, s'exclama-t-il. Pauvre petit chou.

– Enfin bon, peut-être que ça me pendait au nez. Peut-être que je l'ai bien cherché. Vraiment, je ne sais pas. »

Philip paraissait toujours choqué. « Je l'ai croisé une fois, non ? Il t'attendait, un soir, alors qu'on sortait en même temps du bureau. Je me rappelle un beau blond en complet de serge bleu foncé, c'est ça ? Mmm. »

Nicola opina. « Ça lui ressemble.

– Ma chérie, ce genre de mec peut être très perfide. J'aurais dû te prévenir.

– Ça n'aurait servi à rien. D'ailleurs, je n'ai jamais connu de mecs qui ne soient pas un peu perfides.

– Non, en l'occurrence moi non plus.

– Alors, tu vois…

– Ah, les hommes. Ils sont trop tordus.

– Les femmes aussi peut-être. Quoique, toi comme moi, on n'ait pas pu juger sur pièces... »

Tous deux s'esclaffèrent.

« On ferait mieux d'y aller, dit Nicola.

– Je viendrai te voir tout à l'heure, dit Philip. Je viendrai te tenir la main. »

Ils se levèrent, réglèrent leurs notes respectives et quittèrent le café.

« Ne le dis à personne, répéta Nicola. J'essaie d'afficher des dehors impassibles.

– Tu es une fille courageuse, dit Philip. Et j'en suis une autre : tes secrets ne risquent rien avec moi. Allez, du cran, poussin ! À plus.

– Chouette », dit Nicola.

54

« Qu'est-ce que tu fabriques ici dans le noir ?

– Rien. Je me repose, c'est tout.

– Tu es fatiguée ? Tu veux dîner au lit ?

– Non, non. Ça va aller. Je reprends des forces, c'est tout.

– Tu es sûre que tu vas bien ?

– Ça va.

– Je te laisse tranquille ?

– Non, reste un moment. »

Susannah s'assit au bout du lit. La guérison miracle de Nicola semblait s'être inversée. « Je me fais du souci pour toi.

– Ça va, je t'assure.

– C'est vrai ?

– Il faut juste que je trouve une solution pour mes vêtements. Je n'en ai pas pris assez.

– Tu peux m'en emprunter, si tu veux.

– Je verrai. Tu es adorable.

– Tu veux que j'aille chercher le reste de tes affaires à Notting Hill ?

– Non, pas encore. Merci. Je m'achèterai des trucs.

– On pourrait aller faire du shopping jeudi… tu as bien dit que tu prenais ton jeudi ?

– Oui. Oui, on pourrait faire ça. »

Susannah n'avait pas beaucoup d'argent de poche, alors, le jeudi, elles se cherchèrent toutes les deux des vêtements dans les différentes boutiques solidaires du quartier. Nicola se retrouva avec un grand sac rempli de fringues qu'elle n'aurait jamais envisagées si elle avait été seule. Elles eurent ensuite la satisfaction de les laver et de les mettre à sécher dehors. Il y en avait plusieurs que Susannah comptait emporter le lendemain dans le Suffolk, où elle, son mari et leur gamin devaient passer la semaine de Pâques. Il y avait aussi une petite robe en coton imprimée de lapins roses et bleus que Nicola offrirait pour Chloe aux parents de la fillette quand elle emménagerait. Le temps s'était soudain nettement réchauffé comme il arrive parfois à cette époque de l'année, et après avoir étendu le linge les deux amies s'assirent ensemble dans le jardin au soleil.

« Tu ne te sens pas un tout petit peu plus heureuse ? demanda Susannah. Rien qu'un tout petit peu ? »

Nicola réfléchit. « Un tout petit peu, concéda-t-elle.

– Attends d'enfiler ton jean rose. Tu seras épatée. »

Nicola réfléchit encore. « Tu as peut-être raison. Je vais me dépêcher de le mettre.

– Ou cette jupe en denim », suggéra Susannah, encourageante.

Nicola rit. Quelle idée, cette jupe en denim ! « Tu es sûre, pour la longueur ? demanda-t-elle. Elle me paraît quand même un peu courte.

– Elle devrait l'être encore plus, lui assura Susannah. Je la recouperais si j'étais toi.

– On verra », dit Nicola.

Guy les rejoignit.

« Il est pour moi, ce T-shirt rouge ?

– Non, répondit sa mère, il est à moi, en fait.

– Ah, fit Guy. Je peux en avoir un aussi ?

– C'est le seul qu'il y ait.

– Ah.

– Désolée. De toute façon, il est trop grand pour toi.

– C'est justement ce que je veux, qu'il soit grand.

– Misère… Bon, peut-être que je peux te donner celui-là… si tu nettoies la cage des souris *et* que tu ranges ta chambre avant la fin de l'après-midi. »

Guy partit accomplir cette mission et Susannah soupira. « Je me demande dans combien de temps il acceptera de faire quelque chose sans qu'on ait à le soudoyer. Quand apprend-on que la vertu est sa propre récompense ?

– Certains ne l'apprennent jamais.

– Peut-être qu'il l'apprendra en instruction religieuse.

– Ce ne serait pas inutile.

– Moins inutile que d'étudier le salut.

– Ah, oui : le salut… Tu crois qu'il a vraiment appris le sens du mot ?

– Je ne sais pas. On lui demandera quand il reviendra. »

Guy revint de fait presque tout de suite, demandant où il pourrait trouver une boîte où mettre les souris le temps de nettoyer leur cage.

« Écoute, Guy, dit sa mère, on se demandait… Tu te souviens de nous avoir parlé du salut ? Euh… est-ce qu'on t'a expliqué ce que ça veut dire ?

– Bien sûr.

– Et ?

– Ben, ça veut dire… ça veut dire… euh, ça veut dire qu'au lieu de mourir, on vit pour toujours… pour *toujours*. On a la vie éternelle. C'est ça le salut.

– Ça m'a l'air OK, jusque-là. Mais ce salut, comment on l'obtient ?

– Ben, on doit être *croyant*. On doit croire en Jésus-Christ, qui est le Fils unique de Dieu.

– C'est tout ?

– Ben, c'est déjà *beaucoup*.

– Sans doute.

– Ah, et puis il y a aussi quelques trucs qu'il faut faire, pour être bien sûr. Je veux dire, on peut pas se contenter d'être croyant : on doit être vraiment bon, tu sais, et avouer ses fautes ; et puis on doit aimer ses ennemis.

– Je savais qu'il y aurait un hic. »

Le regard de Guy coulissa vers le T-shirt rouge. « Bon, je ferais mieux de m'occuper de ces souris, sinon je finirai pas à temps.

– Encore une chose.

– Si c'est pas trop long.

– Toi, est-ce que tu es croyant ?

– Ben…, fit Guy, louvoyant, car il n'avait pas tranché la question avec certitude. Peut-être. Je veux dire, sans doute. Je suis pas tout à fait sûr, pas encore. Je veux dire… écoute, je peux m'occuper des souris ? Tu avais dit que ce serait pas long.

– Pardon, mon chéri. D'accord. Va t'occuper des souris. Et de ta chambre, n'oublie pas.

– Ouais, ouais, je sais. »

Il s'en alla.

« Mince alors ! fit Susannah. Et je dis bien : *mince alors*. J'ignorais totalement qu'on leur enseignait la théologie.

– Ce n'est pas vraiment de la théologie.

– Enfin, presque. Je veux dire, à ce rythme-là, on va avoir un chrétien sur les bras.

– C'est un risque qu'on court quand on met son enfant dans une école anglicane.

– On voulait juste s'assurer qu'il ait une bonne

éducation, et cette école se trouvait être l'option la plus proche.

– Eh bien, les voies du Seigneur sont impénétrables.

– De toute façon, il est trop tôt pour savoir.

– Ça va sûrement passer ; c'est à peine si ça a commencé, d'ailleurs.

– C'est vrai. Pas la peine de s'affoler.

– La plupart des gens en reviennent, j'imagine. » Jonathan, par exemple.

« C'est vrai aussi, sans doute.

– N'empêche... le salut. Pas une si mauvaise affaire, si ?

– Je ne sais pas... peut-être. C'est juste que...

– Je vois ce que tu veux dire.

– Enfin, tout ça est purement et simplement absurde.

– Oui, absolument. »

Mais justement, se dit-elle soudain, c'était peut-être le principal mérite de la chose. « C'est quand même bizarre que des gens puissent croire à ces trucs-là... fit-elle, perplexe. Surtout de nos jours.

– Et même des gens très intelligents. Intelligents par ailleurs, du moins.

– C'est un mystère total.

– Oui. Un mystère *total.* »

55

Il s'était presque fait une joie de descendre dans le Gloucestershire cette fois-ci : l'appartement lui tapait sur le système. Bien sûr, il aurait pu aller ailleurs. Il aurait pu aller dans plein d'endroits, il avait l'Europe à ses pieds. Quatre jours complets : il aurait même pu aller à New York, pourquoi pas ? Tiens, c'était une bonne question. Jonathan s'était posé plusieurs bonnes questions dernièrement, une bonne question étant une question qui n'a pas de réponse évidente. Il était donc descendu dans le Gloucestershire ce samedi de Pâques, et là, sa mère était en train de faire du thé.

« Ton père discute avec Charles Anstruther ; il sera de retour dans un moment et nous pourrons déjeuner. » Elle s'empara du plateau. « Je me disais qu'on pourrait le prendre dans le jardin. Les tulipes ont fleuri, c'est on ne peut plus ravissant. Tu es venu juste à temps pour les voir.

– Laisse-moi porter ça », dit Jonathan.

Il prit le plateau du thé et ils sortirent.

« Je suis étonnée que vous ne passiez pas Pâques ensemble, lâcha prudemment Sophie, en servant le thé. Toi et Nicola. Elle va bien, dis-moi ?

– Nous ne sommes plus ensemble, déclara Jonathan d'un ton brusque. Nicola et moi sommes séparés. »

Sophie reposa la théière. « Oh mon Dieu ! s'écria-t-elle. C'est affreux ! »

Ces exclamations lui avaient échappé malgré elle ; elle semblait même surprise qu'elles aient franchi ses lèvres.

« Je t'en prie, excuse-moi, ajouta-t-elle à la hâte. Tu es mieux placé que moi pour savoir ce que tu fais. Je n'avais pas à… s'il te plaît, n'en tiens pas compte. Oh mon Dieu.

– Ce n'est pas grave. »

Sophie était rouge de confusion. Une certaine inquiétude l'avait envahie. Elle n'arrivait pas à se remettre de ses émotions : c'était plus fort qu'elle, elle trouvait la nouvelle épouvantable. Elle finit de servir le thé.

« Je ne comprends pas, dit-elle d'une voix faible. Vous aviez l'air si heureux. Je me disais… enfin, peu importe. Ce que je me disais n'est pas la question, je sais. »

Jonathan but une gorgée de thé sans rien dire.

« Un biscuit ? » proposa Sophie en lui tendant l'assiette.

Jonathan, tasse aux lèvres, se borna à secouer la tête.

« Il est bon, ce thé. C'est du Darjeeling ?

– Oui, dit Sophie avec tristesse. Tu connais ton père. Il refuse catégoriquement d'en boire un autre. »

Elle but quelques gorgées elle-même. Elle était encore profondément bouleversée. Nicola n'était pas l'idéal, personne, sans doute, n'aurait pu l'être, mais elle était gentille : il ne fallait pas trop en demander. Sophie ne comprenait pas comment une relation intime entre deux êtres gentils pouvait se dégrader. Cette histoire aurait dû se conclure par des fiançailles, pas une séparation. Il y avait là quelque chose de sombre, de mystérieux et d'aberrant : son inquiétude et sa peur s'en trouvèrent accrues. Que dire ? Toutes ses questions auraient paru déplacées. Il y avait des quantités de tabous entre les mères et les fils. Elle regarda le sien à la dérobée : son visage était sans expression et ne lui apprit rien. Se posait en tout cas le problème de l'appartement ; sa curiosité, au moins à cet égard, était admissible.

« Tu n'as pas quitté l'appartement, si ? Ou bien est-ce Nicola qui…

– Non, dit Jonathan. Je reprends sa part du prêt immobilier. Elle est partie. On aurait pu faire l'inverse, mais elle n'avait pas les moyens. »

Maintenant que les mots avaient été prononcés, même Jonathan fut sidéré par la froideur de sa déclaration. C'était la première conversation qu'il avait sur le sujet depuis la rupture. Il ne lui était pas venu à l'esprit, au départ, qu'il y aurait d'autres gens à qui il faudrait en parler, et que c'était lui qui devrait leur en parler. Il ne s'attendait pas à ce que ce soit aussi désagréable : aussi désagréable de s'entendre prononcer ces mots-là. C'était à peine si on ne se représentait pas Nicola emmitouflée dans un châle, à errer dehors sous la neige après avoir été chassée de son logis. Cette vision était parfaitement ridicule, bien sûr ; il la bannit de ses pensées, et avec elle toute idée pouvant évoquer la tragédie ou le malheur.

« Elle achètera autre chose », dit-il, pour redorer le blason de Nicola et imposer l'image d'une femme riche et puissante. Un être libre et indépendant, exactement comme lui. « Il ne devrait pas être difficile de trouver un logement qui convienne. »

Sophie, incapable de poser aucune des questions qui résonnaient dans sa tête et donc à l'affût de tous les indices possibles, lut dans cette remarque une des réponses qu'elle cherchait.

« Mais ça ne doit pas être tout à fait ce qu'elle avait prévu, dit-elle très timidement. C'est quand même assez triste qu'elle soit obligée de quitter ce joli appartement auquel vous avez tous les deux tellement travaillé. »

À ce moment-là, Jonathan aurait pu prétendre que Nicola était à l'initiative de la séparation ; il s'abstint.

« C'est la vie, dit-il avec rudesse. Elle ne se passe pas toujours comme prévu. Il faut parfois prendre des risques.

– Je suis désolée.

– Pas la peine. Il n'y a absolument pas de quoi être désolée. Si tu crois le contraire, tu te méprends sur la situation. On était l'un et l'autre exempts de toute responsabilité, sinon envers nous-mêmes. On n'était pas mariés, on n'avait pas d'enfants. On était libres d'agir comme on l'entendait. Et on l'a fait.

– Oui, bien sûr », acquiesça Sophie. Mais elle n'était pas d'accord, pas d'accord du tout, même si l'éventualité d'en débattre avec Jonathan était totalement exclue. « Tu veux encore du thé ? » demanda-t-elle.

Ainsi le chapitre fut-il clos, conservant son caractère opaque et effrayant.

56

« Nouvelle voiture, maman.

– Oui, on a décidé de se faire plaisir. Ton père dit que c'est un cadeau de retraite.

– Mais il ne la prend que l'année prochaine.

– Tu connais son impatience. Vroum ! Écoute ça. Elle monte à 100 en trois secondes, paraît-il. Il m'appelle la Folle du volant. On ira faire un tour digne de ce nom tout à l'heure, tu pourras tester.

– Formidable.

– Pourquoi avoir fait ce régime, Nicola ?

– Quel régime ?

– On dirait que tu as perdu au moins cinq kilos depuis la dernière fois.

– Tu sais comme les jupes sont courtes cette année.

– Ça ne te va pas. Tu n'as pas l'air bien du tout.

– Et maintenant, je suis tout à fait mal, je te remercie. Tu ferais peut-être mieux de me ramener à la gare.

– Pas avant de t'avoir remplumée. Tu vois, on est arrivées. Tu ne vas quand même pas repartir sans avoir mangé du gâteau. J'en ai fait un exprès pour toi. Tu peux bien en prendre un peu, non ? Allez, viens. »

Elles entrèrent dans la maison, et gagnèrent la cuisine. Elinor mit la bouilloire à chauffer. Elles s'assirent.

« Qu'est-ce qu'il y a, Nicola ? » Elle venait de se demander : Oh mon Dieu, elle n'est quand même pas enceinte ? Mais, après tout, ça pourrait se révéler une bonne chose…

« Rien de très grave, répondit Nicola. C'est juste que Jonathan et moi, nous nous sommes séparés.

– Pas possible ! s'écria Elinor.

– Eh si, dit Nicola. Il a décidé qu'il ne m'aimait pas, en fin de compte. Il va racheter ma part de l'appartement. Que j'ai déjà quitté, en fait. J'habite chez Susannah. Ça se goupille pas mal, à vrai dire. J'ai trouvé une sorte de *pied-à-terre** pas loin de chez Geoffrey et elle, chez des amis à eux. J'emménage à la fin de la semaine prochaine. Ils ont une petite fille qui s'appelle Chloe. Je finirai par trouver un autre appart. Je suis un peu sous le choc, c'est tout. C'est arrivé si brusquement. Mais je vais bien, je t'assure. L'eau bout, tu as vu ? »

Elinor se leva pour remplir la théière ; Nicola tortillait son mouchoir entre ses doigts. Elle n'avait pas pleuré depuis longtemps ; elle ne pensait pas que ça la reprendrait, mais là, elle sentait les larmes lui monter aux yeux. Elles avaient même commencé à couler. Elinor posa la théière sur la table et sortit le reste des accessoires. Elle se rassit. « Ma pauvre chérie. Je suis vraiment désolée. »

Nicola se mit à pleurer à chaudes larmes, et sa mère, bientôt, se mit à pleurer aussi.

Son père entra : il revenait de promener le chien.

« Mais enfin, qu'est-ce qui se passe ici ? »

Elinor lança un regard désespéré à sa fille, l'air de dire : tu lui annonces ou je m'en charge ?

Nicola se moucha. « Bonjour, papa. C'est Jonathan. Il est… nous sommes comme qui dirait séparés. Alors on pleurait un bon coup. Ce n'est pas grave, en fait.

– Si tu le dis, concéda Michael. Moi je dirais plutôt que ça l'est. J'ai bien envie d'aller le buter. C'était son idée à lui, j'imagine ? À en juger par tes larmes ?

– Oui, confirma Nicola. Même si, après tout, c'est peut-être ma faute.

– Ça, pas l'ombre d'une chance. C'est sa faute à lui, à cette crapule. J'avais bien dit qu'il aurait dû t'épouser et basta. Maintenant vois le résultat. Ces couples modernes, c'est bien joli, mais ça ne marche pas. »

Il s'assit, réellement perturbé, et Elinor servit le thé.

« Je ne comprends pas comment ça a pu arriver, dit-elle. Je vous croyais heureux ensemble.

– Moi aussi, dit tristement Nicola. Apparemment j'avais tort. Du moins, ces derniers temps. »

Elle leur fit un récit expurgé des événements de la quinzaine écoulée.

« Ce Jonathan a un problème, déclara Elinor avec fermeté.

– Il est sacrément dérangé ! renchérit Michael. Pour ne pas dire complètement détraqué.

– On aurait dû s'en rendre compte, dit sa femme.

– Il cachait bien son jeu. On est bêtes, on ne se méfie pas des gens quand ils ont une dégaine classique. La prochaine fois essaie plutôt un de ces ostrogoths à cheveux en pointes et godasses noires, il prendra peut-être mieux soin de toi. »

Nicola pouffa puis se remit à pleurer.

« Allons, allons, dit Elinor. N'écoute pas ton père. Prenons du gâteau. Tu peux aller le chercher, Michael ? Il est dans le cellier. »

Ils avaient une maison à l'ancienne avec un cellier, une arrière-cuisine, et une vieille cheminée massive : quelqu'un leur avait dit un jour que c'était peut-être une Voysey, mais ils n'avaient pas cherché à vérifier cette attribution.

Le chien, qui léchait les larmes sur les mains de sa Nicola adorée, fut bientôt distrait par l'apparition du gâteau. Ils lui en donnèrent un petit morceau puis lui ordonnèrent de s'asseoir, ce qu'il fit, non sans leur lancer un regard pathétique. « Bon chien, Asterix », l'applaudirent-ils. C'était un grand caniche noir.

Nicola mangea elle aussi un peu de gâteau. Elle n'était pas mécontente, maintenant que le processus était enclenché, de retrouver sa position de fille de la maison, de petite dernière chouchoutée. Elle n'avait jamais été rebelle ni difficile ; cela n'avait jamais été nécessaire ni même tentant. Elinor exposa ses projets pour le week-end à sa fille qui y adhéra. Ils rendraient visite à la sœur de Nicola, Rosemary, qui habitait à une trentaine de kilomètres ; quand ils seraient là-bas ils pourraient téléphoner au troisième de la fratrie, Simon, qui travaillait en Nouvelle-Zélande. (Ils espéraient de tout cœur qu'il ne déciderait pas de s'y établir définitivement.) Comme ils seraient tous ensemble, ce serait l'occasion de lui dire un petit mot et de lui souhaiter de joyeuses Pâques, à des milliers de kilomètres de distance.

Ils pourraient peut-être faire cette balade en voiture, si Nicola se sentait d'attaque.

« Bien sûr, maman. Je ne suis pas malade.

– Non, bien sûr que non. Mais tu dois être en état de choc. Ça ne fait que quinze jours… c'est bien ce que tu as dit ? Un choc peut affreusement vous affaiblir, je le sais.

– Sans doute, reconnut Nicola.

– On va aller à la mer, décréta Elinor. Ça te requinquera. Rien ne vaut la mer pour ça. »

Ils partirent et, en effet, la mer la requinqua, un petit moment, dans une certaine mesure.

57

« Tu as eu combien d'œufs de Pâques ?

– Un seul. De mes parents. »

Nicola n'avait jamais cessé d'espérer que Jonathan se réveille du cauchemar dans lequel il l'avait entraînée. Elle avait espéré – illusion désormais ruinée – le voir apparaître à la porte de Susannah, un œuf de Pâques à la main. Une création rarissime d'où, quand on en casserait la coquille, s'envolerait une colombe, annonciatrice de résurrection.

« Moi j'en ai eu trois.

– Tu en as, de la chance.

– Dont un français.

– Encore plus de chance.

– Je t'en ai gardé.

– Tu l'as là ?

– Non, à la maison. On pensait t'inviter vendredi soir, si tu es libre.

– Je le suis, en fait. C'est qui *on* ? »

Impossible de deviner, avec Philip. Il changeait tout le temps d'amoureux.

« Moi et Jean-Claude. D'où l'œuf français. Frais arrivé de Paris.

– Miam.

– Oui, attends de voir la bête. À supposer qu'elle soit toujours dans les parages vendredi. On ira peut-être en boîte. En *discothèque*. Ça te dit ?

– Je ne sais pas.

– Alors autant essayer. Je passe te chercher ici vendredi soir, d'accord ? On filera ensemble. »

Elle avait donc un sujet de réflexion quand elle retrouva la maison vide de Clapham mardi après le bureau. Il lui fallait une tenue, pour aller en boîte. Comment est-ce qu'on s'habillait dans ce genre d'endroits ? C'était à désespérer. Elle avala un repas sommaire et regarda la télévision, attendant que le téléphone sonne tout en sachant qu'il ne sonnerait pas : décidément, c'était à désespérer. Mais comment renoncer à espérer – si vains que soient ces espoirs – tant qu'on était en vie ?

Mercredi soir, elle fit tout le repassage de Susannah, ainsi que le sien. Elle repassa la robe imprimée de lapins de Chloe et la mit de côté ; le téléphone sonna.

C'était Susannah.

« Tu vas bien ?

– Ça va.

– Tu fais quoi ?

– Je repasse. Et toi ?

– On s'amuse. Dommage que tu ne sois pas là. Tu fais quoi d'autre ?

– Je vais en boîte vendredi soir.

– Tu rigoles !

– Je t'assure. Philip, du bureau, m'embarque, avec son nouveau petit ami Jean-Claude.

– Ah ça au moins c'est intéressant. Ne les laisse pas te refiler une de ces drôles de pilules, je suis sûre qu'elles sont dangereuses.

– Rien à craindre. »

« Goûte-moi ça, dit Philip. Spécialité du vendredi soir. »

La spécialité du vendredi soir était un pétard extrêmement long et assez mal roulé, mais non moins efficace.

« Je n'ai pas fumé ça depuis une éternité, dit Nicola.

– Hmm, fit Philip. Je m'en doute. »

Il mit de la musique étrange et entreprit de ranger le salon, activité au cours de laquelle il découvrit un chapeau que, faute d'endroit plus logique où le remiser, il plaça sur la tête de Nicola.

« Je te le donne. Il ne m'a jamais été bien utile. »

C'était une toque de velours noir avec des broderies argentées sur la calotte et un colifichet argenté sur la couronne. Finalement, Jean-Claude, un jeune homme beau et élégant dans le style Français standard, émergea de la cuisine et les invita à venir manger de la soupe. Ils goûtèrent ensuite des crackers avec différentes sortes de fromage, et fumèrent un autre pétard. Philip mit à nouveau une musique étrange et ordonna à Nicola de se lever pour qu'il puisse bien la regarder.

« Je ne veux pas de problèmes à l'entrée », expliqua-t-il.

Se pliant aux consignes, elle demeura immobile. Elle portait la jupe en denim avec une chemise blanche.

« Hmmm », commenta Philip.

Jean-Claude et lui discutèrent boîtes de nuit, celles où aller et celles à éviter ce soir-là, et quand la question fut enfin tranchée, Philip examina Nicola de plus près. « Tu n'es pas une militante acharnée de cette longueur de jupe, dis-moi ? »

Nicola lui répondit que non.

« Alors, si ça ne te fait rien, on va la modifier. Bon, où ai-je fichu mes ciseaux ? »

Elle resta sans bouger pendant qu'il raccourcissait sa jupe d'une huitaine de centimètres.

« Des collants résille », déclara-t-il.

Il disparut et revint avec une paire de collants résille et un gilet en cuir argenté.

« Ça devrait le faire… Mets ça et voyons le résultat. Garde le chapeau sur la tête. »

Nicola obtempéra.

« Rouge, dit-il. Il lui faut du rouge. »

Il s'esquiva à nouveau et revint au bout d'un moment avec du rouge à lèvres et du vernis à ongles.

« Red Devil. Embrasement garanti. Tu t'occupes des ongles, Jean-Claude : tes jeunes mains sont bien plus sûres que les miennes. Retire les collants, ma chérie, il faut aussi te faire les ongles des pieds.

– Mais personne ne les verra, protesta-t-elle.

– Ce n'est pas une raison, répliqua Philip. Dieu peut les voir. Sois mignonne, enlève-moi ces collants et puis assieds-toi. »

Elle s'exécuta, tout comme Jean-Claude.

« *Que tu as les pieds jolis**, s'extasia-t-il.

– Ça suffit, dit Philip. Concentre-toi sur ta mission. »

Il remit de la musique et partit préparer du café.

« Allez, un peu de caféine ! Il faut qu'on se secoue. »

Il revint et lui peignit la bouche, lui retira le chapeau et lui épingla les cheveux derrière les oreilles, puis remit le chapeau en place. Tous ses ongles étaient maintenant vernis et elle attendait qu'ils sèchent.

Philip apporta le café, avec les restes de l'œuf de Pâques français et plusieurs pilules d'apparence anodine. « Prends-en une. Ça t'aidera à tenir le coup. »

Elle se voyait mal refuser. Elle réenfila les collants résille et but un peu de café.

« Ne bousille pas ton *maquillage** », dit Philip. Elle fit attention.

« Bon, maintenant, ultime vérification. Mets-toi là. »

Elle se soumit : c'était merveilleux de ne pas avoir à réfléchir, de ne pas avoir à prendre de décisions, de simplement obéir aux ordres. Merveilleux.

« Hmm, grogna Philip. Boucles d'oreilles.

– Je ne peux pas, dit-elle. Je n'ai pas les oreilles percées.

– Quoi ? s'exclama Philip. Tu plaisantes ? Incroyable. Je peux te faire ça tout de suite, note bien.

– Non, dit Nicola. S'il te plaît, non.

– Bon. Tu ne pourras t'en prendre qu'à toi-même si on ne te laisse pas entrer. »

Mais on la laissa entrer ; dans la première boîte, la deuxième, et aussi la troisième.

« Très bien, dit Philip. Allons sur la piste montrer à ces rigolos ce que c'est que danser. »

Ils y allèrent, et Nicola ne fut pas la dernière à se déchaîner. Ah ça non, elle n'avait jamais vu ça de sa vie. Si elle avait soupçonné un seul instant que Londres était truffé de ces fabuleux espaces envahis de gens qui dansaient comme en l'honneur d'un dieu, ce qui, dans un sens, était le cas… si elle l'avait su, elle n'en serait pas où elle en était ce jour-là. Enfin, ce jour-là… Cette nuit-là ? Ou plutôt le lendemain ?

Si elle l'avait su, et n'en avait donc pas été où elle en était ce jour-là, cette nuit-là, ce lendemain-là ou quelle que soit la date, alors… quoi ? Et Jean-Claude… il était, *tu vois**, absolument parfait : quand, à un moment donné, elle avait perdu son chapeau, il l'avait retrouvé. Parmi tous ces gens – des centaines de gens, tous en train de danser –, il avait retrouvé son chapeau. Et toc !

58

Ils sortirent dans la lumière pastel qui précédait l'aube, les rues du West End autour d'eux quasi désertes, fraîchement lavées, propres et innocentes. L'air était plein de chants d'oiseaux.

« C'est beau, non ? fit Nicola émerveillée. C'est vraiment *beau.* »

Les réverbères étaient encore allumés, paillettes dorées dans la brume pellucide.

« En traversant le parc à pied, dit Philip, on devrait atteindre Westminster Bridge juste au moment du lever de soleil : qu'est-ce que vous en dites ? On fera comme Worsdworth. »

Ils s'appuyèrent à la balustrade, contemplant l'eau en contrebas, et guettèrent le miracle. Big Ben sonna la demi-heure, et quelques minutes plus tard il survint. Ils avaient conscience de la chance incroyable qui était la leur et gardèrent le silence. Le soleil s'éleva bientôt dans le ciel, et le vacarme de la circulation augmenta ; une vedette passa bruyamment sous le pont : la matinée commençait à glisser dans la banalité. Nicola, en tournant la tête, vit un taxi qui approchait du bout du pont côté Lambeth.

« Je crois que je vais le prendre, leur dit-elle. Merci. Pour tout. De tout mon cœur. »

Des baisers furent échangés ; Philip héla le taxi et tous trois traversèrent la rue.

« Ça va aller ? » demanda-t-il.

Elle monta et leur sourit à travers la vitre. « Absolument. » Elle leur adressa un dernier adieu de la main tandis que le taxi faisait demi-tour.

Presque exactement quinze jours plus tôt, elle se trouvait déjà à l'arrière d'un taxi traversant le fleuve vers le sud. Mais cette fois-ci elle ne s'efforçait pas de ne pas pleurer ; cette fois-ci elle souriait pour de bon. Elle n'en revenait pas. Elle souriait. Certes, sous la surface, au fond d'elle-même, continuait à brûler une perpétuelle flamme d'angoisse ; mais à un niveau de sensation plus immédiat elle éprouvait ce qu'elle aurait cru impossible : du bonheur.

Il y avait tellement de musique qui résonnait encore dans sa tête qu'elle décida de prolonger le plaisir et de rester tranquillement dans le salon à en écouter. Bien sûr Geoffrey et Susannah n'avaient pas le genre de musique sur laquelle elle avait dansé, mais en parcourant leur discothèque, elle choisit un album dont elle se dit qu'il serait peut-être dans la lignée. Elle le mit et alla dans la cuisine faire du thé. Puis elle s'assit sur le canapé, repensant à la nuit qui venait de s'écouler, et à ce matin miraculeux, écoutant la musique, et se délectant de cette sensation de bonheur qui continuait à l'envelopper. Soudain, brusquement, se sentant tout à coup extrêmement fatiguée, elle s'allongea, rien qu'une minute, et sombra dans un profond sommeil.

Quelque temps plus tard elle fut réveillée par une sonnerie… était-ce le téléphone ? Elle se redressa. Le silence régnait. La sonnerie retentit à nouveau : la porte d'entrée. Oh là là, ça devait être le laitier : il fallait le régler le samedi… Elle avait promis de s'en occuper. Son chapeau était tombé par terre ; elle le ramassa et le remit sur sa tête ; le geste, sur le moment, lui parut normal. Rajustant sa jupe ultracourte, elle alla ouvrir.

« Bonjour, Nicola.

– Oh !

– J'ai pensé que je devais t'apporter ça. »

Jonathan : Jonathan, dont elle avait désespéré. Jonathan, avec son courrier.

« C'est très gentil à toi. Tu veux entrer ? »

Jonathan, ici, maintenant.

« Euh, juste une minute. »

Nicola le précéda dans le salon. Ils restèrent tous deux plantés là, gênés, et elle lui indiqua le canapé. « Tu ne veux pas t'asseoir ? »

Il s'assit très précautionneusement et regarda autour

de lui, non avec l'insistance inquisitrice de Sam mais dans une sorte d'agitation, comme s'il s'attendait à voir surgir des gnomes et des elfes au sourire maléfique.

« Tu es toute seule ? demanda-t-il.

– Oui. Ils sont encore en vacances. Ils reviennent cet après-midi. » Elle ne savait que dire, ni que faire. « J'allais préparer du thé, improvisa-t-elle. Tu en veux ?

– Non. Merci quand même. Mais vas-y, toi.

– Ça ne fait rien. Ce n'est pas pressé. »

Bien qu'elle n'ait dormi que quelques heures, elle se sentait étrangement lucide. Elle avait deviné ce qui le turlupinait avant qu'il ne pose la question.

« Tu étais à une fête ? demanda-t-il.

– Non. Sortie danser. Je suis rentrée il n'y a pas très longtemps… en fait, je ne me suis pas encore couchée. On est allés en boîte.

– Ah.

– Avec Philip, du bureau. Et un ami à lui.

– Ah, oui. »

Il savait de quel genre d'ami il s'agissait. Elle comprit qu'il ne voulait pas savoir ce qu'elle avait fabriqué ; la question avait été purement formelle. Il ne voulait pas connaître la réponse.

Il se demandait maintenant ce qu'il faisait là. Et elle aussi.

« Vraiment, tu n'aurais pas dû t'embêter à m'apporter ce courrier, dit-elle avec raideur. Tu aurais pu le réexpédier.

– Je me suis dit que c'était peut-être urgent. Je crois que le courrier réexpédié met un certain temps.

– Enfin bon, merci, dit-elle, examinant mollement le paquet de lettres. Je verrai pour la réexpédition officielle la semaine prochaine. »

Il y avait une lettre de Scunthorpe.

« J'aurais pu t'apporter tes autres affaires, poursuivit-il. Mais je n'étais pas sûr que tu en aies besoin tout de suite.

– Non, dit-elle, je passerai les prendre dans une semaine ou deux. J'ai trouvé un studio à louer, pas loin d'ici. Des amis de Susannah et Geoffrey.

– Ah, bien. »

Il n'avait pas envie de savoir : elle voyait qu'il avait à peine enregistré ce qu'elle avait dit. Elle était confrontée au grand mur aveugle de son indifférence.

« Bon, fit-elle. Si c'est tout…

– Oui, je suis juste venu t'apporter ton courrier. » Il hésita un instant puis se leva. Il sembla soudain avoir quelque chose à ajouter. « Tu n'as plus de rancœur pour ce qui s'est passé, j'espère. Je n'ai jamais eu d'hostilité envers toi et j'aurais aimé que tu n'en aies pas envers moi. Je ne sais pas si on peut être amis mais je n'ai jamais voulu qu'on devienne des ennemis. »

Elle était, littéralement, abasourdie, mais son esprit restait d'une parfaite lucidité. « Tu dois vivre dans un monde imaginaire… Des mots comme amis, ennemis, hostilité, rancœur, ces mots n'ont pas cours dans le monde réel où j'ai vécu ces dernières semaines. Mais je ne crois pas utile de discuter de ça, vu les circonstances. »

Une émotion sincère semblait s'être emparée de lui. « On dirait que je n'arrive pas à te faire comprendre que ce que j'ai fait était bien non seulement pour moi mais aussi pour toi. » Effondré, le mur d'indifférence… « Apparemment, tu ne te rends pas compte que s'engager dans une relation permanente, du genre se marier, ou avoir des enfants, est peut-être plus dangereux que traverser un champ de mines. Que la souffrance éventuelle est plus durable, et qu'elle affecte tout le monde autour de toi. Si ça ne va pas tout à fait bien, ça va tout à fait mal. Et quand ça va tout à fait mal, tu te retrouves le dos au mur pour le restant de tes jours. Tu tenais vraiment à prendre ce risque ?

– Oui, dit-elle. Je t'aimais. C'est ce que ça veut dire, aimer quelqu'un : être prêt à prendre ce risque.

– Alors l'amour n'est qu'une forme de folie.

– Peut-être, reconnut-elle. Vois-tu, ce n'est pas une question de rancœur, d'hostilité ou que sais-je, c'est un problème d'incompréhension mutuelle. Il y a une trop grande accumulation de doutes et de peurs dont tu aurais pu me parler sur le moment, mais que tu t'es contenté d'entretenir en secret. Au fil des mois ce capital a généré tellement d'intérêts que tu ne vois plus rien d'autre. Pas besoin de chercher midi à quatorze heures. » Elle se tut un instant. « C'est fini », dit-elle.

Elle n'avait pas eu conscience de ces choses avant de les énoncer, mais elle s'apercevait maintenant qu'elles étaient vraies. Le silence de Jonathan avait été une sorte d'infidélité, et sa méprise à elle sur sa disposition d'esprit était le fruit d'un orgueil démesuré. À présent l'un et l'autre étaient seuls. Il était resté planté là, tout comme elle. Désormais appuyé contre la cheminée de Susannah, il contemplait les objets sur la tablette d'un air – légitimement – déconcerté : s'y côtoyaient de grosses pièces d'échecs en ivoire, un chandelier en bronze, un petit vase de fleurs agonisantes et, calée contre le miroir, une peinture qui était l'œuvre de Guy.

Il demeura silencieux un moment ; il semblait réfléchir à ce qu'elle avait dit. Toutefois, lorsqu'il reprit la parole, le mur d'indifférence était déjà reconstruit. « Comme tu dis. C'est fini ; oui. » Il se redressa. « Il est temps que je m'en aille. Je te tiens au courant pour la vente… désolé d'avoir traîné mais j'ai été débordé de boulot, je n'ai pas eu une minute à moi. Je m'en occupe cette semaine, promis.

– Tu pourras m'appeler au bureau, dit-elle.

– Oui, d'accord. »

Il la suivit dans le vestibule ; elle ouvrit la porte

d'entrée et il franchit le seuil, avant de se retourner à moitié.

« Alors, au revoir.

– Au revoir. »

Elle ferma la porte, regagna le salon et s'assit sur le canapé, toute recroquevillée autour de la nouvelle et atroce souffrance qui l'envahissait. Tout le bonheur qu'elle avait ressenti s'était envolé. *C'est fini.* Elle l'avait dit, elle-même, en personne. Et c'était vrai.

59

« Et puis après je suis montée, j'ai pris un bain, je me suis habillée et j'ai dormi un peu. Ensuite, je suis allée faire des courses, je suis revenue, j'ai fait ce gâteau, et puis vous êtes rentrés. Dieu merci.

– Super gâteau.

– La moindre des choses.

– Montre-moi ce chapeau. »

Nicola alla le chercher.

« Mets-le. »

Elle obéit.

« Hmm, fit Susannah. Ravissant. J'essaie de visualiser l'effet d'ensemble. Collants résille et compagnie. Enfin, tout ce que je peux dire, c'est que ça a dû lui flanquer un sacré coup. Pas étonnant qu'il se soit montré si froid et indifférent. Au fond, il devait *bouillir.* »

Nicola sembla réfléchir un moment à cette possibilité, puis elle eut un petit haussement d'épaules résigné. « C'est fini, Susannah, dit-elle. Vraiment fini. Je le sais maintenant. C'est fini. »

Susannah prit la mine grave qui s'imposait.

« Tu veux dire par là, demanda-t-elle prudemment, que tu ne l'aimes plus ?

– Non. Je veux dire que le fait que je l'aime – si je l'aime – n'a plus d'importance. Si ça en a jamais eu. Tellement peu d'importance que même moi je m'en rends compte. Tout ce que je ressens, tout ce que je suis, est aboli par l'indifférence de Jonathan. Même si son indifférence est feinte. *Surtout* si elle est feinte.

– N'empêche, dit Susannah, il est venu. Ça indique bien autre chose que de l'indifférence, non ? Il n'avait pas besoin de venir ici, en personne, à moins de…

– J'ai réfléchi à ça aussi. Tu sais pourquoi il est venu ? Parce qu'il voulait en fait s'assurer que tout allait bien entre nous : je veux dire, que tout était apaisé, calme, digne. Et même amical. Pas de rancune. En d'autres termes, il avait un peu mauvaise conscience. Il espérait que je lui confirme qu'il avait bien agi, en plus de le croire lui-même. Il voulait être rassuré. Voilà pourquoi il est venu.

– Le pauvre vieux, dit Susannah. Le dos au mur quoi qu'il fasse.

– N'empêche, il a son boulot, pour lui changer les idées. On ne va pas le plaindre. Le mur, il ne le remarque que le week-end, et peut-être de temps en temps le soir. C'est bizarre, mais mon boulot n'a pas le même effet sur moi.

– Nous les femmes on a un gros rattrapage à faire.

– On doit apprendre à être plus acharnées.

– Plus coriaces. Plus ambitieuses. Sans pitié.

– J'ai été retenue pour le poste de Scunthorpe, au fait. J'ai un entretien vendredi en huit.

– Tu ne vas quand même pas le décrocher ?

– Bien sûr que non.

– Tu promets ?

– Croix de bois, croix de fer.

– Je me demande comment ils se débrouillent dans Cardamon Road. S'ils arrivent à quelque chose. On pourrait y faire un saut demain, histoire de jeter un œil... qu'est-ce que tu en dis ?

– Je leur donnerai peut-être un coup de main.

– N'exagérons rien.

– On verra. »

Et ça oui, elles virent.

Résultat, Nicola leur donna bel et bien un coup de main ; les deux soirs suivants elle alla là-bas après le boulot et fit pas mal de ménage, puis les deux soirs suivants elle donna un coup de main aussi pour la peinture, avec l'aide, très approximative, de Guy.

En fait de peinture, il s'agissait d'étaler une émulsion blanche directement sur le papier *moderne** initial des années 1950, dont le motif tendance « Festival of Britain » ne tarda pas à transparaître, créant un effet des plus intéressants à une époque où tous les autres styles précédemment imaginés par les décorateurs (effet chiffon, effet marbre, j'en passe, et des meilleurs) étaient désormais catalogués comme *vieux jeu**. Ils tombèrent d'accord pour ne divulguer leur recette à personne, et cette création demeura unique, non seulement dans le quartier prisé de Clapham mais dans toute la zone ayant pour indicatif téléphonique 0171.

60

Si Sam avait envisagé de modérer ses ardeurs, force était de constater qu'elles étaient restées à un très haut niveau d'incandescence.

La maison possédait un sous-sol, qu'il avait rénové pour créer une cuisine et une chambre noire : Helen et lui étaient de fervents photographes amateurs.

« Bien sûr, dit Sam, il n'y a pas le moindre espoir qu'on trouve du temps pour ça avant que Chloe se prenne un peu en main, prodige que, à en juger par les tendances actuelles, je ne prévois pas avant la fin du siècle. »

Là où Susannah et Geoffrey avaient une cuisine, ils avaient une véranda, mais le reste du rez-de-chaussée était occupé par le même genre de salon-loft, si dépourvu de Hodgkin soit-il.

On était vendredi soir et tout le monde s'y trouvait réuni, buvant du côtes-du-rhône de supermarché et discutant du mobilier de Nicola.

« Elle peut prendre le lit de Chloe, dit Sam. Elle

dort encore dans son petit lit. Elle ne se servira pas de celui-là avant un bout de temps. J'aurai juste besoin d'un coup de main pour le monter à l'étage, quand tu pourras, Geoffrey.

– Tout de suite, dit Geoffrey.

– On n'est pas aux pièces, fit Sam, agacé. Reprenons un verre d'abord. »

Il resservit du vin, déboucha une autre bouteille, et se rassit.

Les femmes étaient installées en rang d'oignons sur le canapé, et Chloe, vêtue de la robe à lapins, rampait sur leurs genoux collectifs pour être chaque fois sauvée in extremis de la chute par la main la plus proche. Quant à Guy, il était pitoyablement assis dans un coin à regarder un atlas en buvant de l'orangeade.

Susannah intervint dans le débat. « Et pour le sol ? Il te faut un tapis ?

– Un tapis, répéta Sam, comme s'il n'avait jamais entendu parler d'une chose pareille.

– Ça ira, s'empressa d'assurer Nicola. Je n'ai pas besoin de tapis.

– Bien sûr que si, protesta Helen. Il te faut un tapis.

– Elle peut prendre celui de Chloe, dit Sam. Chloe peut s'en passer. Elle ne fait pas la différence, pas vrai, Chloe ?

– *Ouais* », répondit la fillette.

Elle ne tarderait pas à parler : elle faisait déjà des phrases, mais n'avait appris que quelques mots essentiels ; pour le reste, elle improvisait. Lorsqu'on lui posait une question, en général elle répondait *ouais.*

Après discussion, il fut conclu qu'au lieu de payer sa première semaine de loyer Nicola s'occuperait elle-même de trouver un revêtement de sol et quelque chose à mettre aux fenêtres, et Susannah promit de l'emmener le lendemain faire les boutiques en vue d'accomplir cet exploit.

« Il lui faudra une armoire, bien sûr », fit remarquer Helen.

Toutes les mines s'allongèrent. Elle avait soulevé là un problème insoluble : comment diable y remédier ?

« Je sais où il y a une armoire », dit Guy.

C'était vrai. L'armoire trônait très souvent sur le trottoir devant une brocante lugubre sur le chemin de son école.

« Elle n'y est sûrement plus, dit Susannah.

– Ça fait des *semaines* qu'elle y est, insista Guy. Elle y est *tout le temps.*

– Elle doit être très moche, objecta Susannah.

– Ça oui, admit Guy. Mais c'est une armoire. »

En l'emmenant à son cours d'équitation le lendemain matin, elles y jetèrent un coup d'œil. L'armoire était toujours là, et elle était très moche, mais elles l'obtinrent pour une bouchée de pain, et le vendeur accepta de la livrer ce soir-là, ce qu'il fit.

« Elle aura besoin d'une chaise, évidemment, dit Geoffrey. Et d'une table.

– Elle en a dans la cuisine, dit Sam. Deux chaises, en l'occurrence. Deux.

– Je n'ai pas besoin de plus, affirma Nicola. Franchement. Moins j'aurai de meubles, mieux ce sera. »

Que pouvait-elle dire d'autre, quelle autre philosophie pouvait-elle adopter, elle qui avait abandonné pour toujours un lit de style Empire magnifique, mais sobre, acheté avec espérance aux soldes de Liberty ? Et encore, s'il n'y avait que ça…

Sam et Geoffrey montèrent à l'étage afin de déménager le lit ; les femmes les suivirent pour voir ce que ça donnait. Nicola s'allongea dessus pour les convaincre qu'elle le trouvait confortable ; Guy s'allongea dessus pour vérifier par lui-même. Puis il fut question de la literie.

« J'ai des draps à moi », précisa Nicola.

Ils réussirent à dénicher le reste, et Helen promit de lui passer un peu de vaisselle et quelques ustensiles. Tous les détails furent finalement réglés, et l'emménagement de Nicola fixé au dimanche.

61

Plusieurs autres lettres étaient arrivées pour Nicola : Jonathan hésita. N'avait-elle pas parlé d'un déménagement ? Mais elle ne lui avait pas donné l'adresse. Et il ne l'avait pas réclamée. Il ne savait littéralement pas où elle était. À moins qu'elle n'habite encore chez Susannah. Bon, il n'avait qu'à faire suivre le courrier chez Susannah. Il entreprit de réadresser les lettres C/O Mrs Geoffrey Dawlish.

À la fin de la semaine leur flot semblait s'être tari : elle avait dû avertir la Poste ; il n'aurait plus à s'occuper de son courrier. La semaine prochaine il finaliserait le nouveau crédit immobilier, il la dédommagerait, et l'affaire serait bouclée.

À part les cartons dans l'armoire. Elle ne tarderait pas à venir les récupérer comme promis. Et alors elle serait vraiment partie, complètement et définitivement *partie*. Jonathan eut un rare éclair d'authentique honnêteté. Qu'est-ce que ça lui faisait ? Qu'elle soit partie, complètement, définitivement ? C'était abominable, abominable. Ce ne pouvait être qu'une illusion d'optique, une tromperie démoniaque, une croix à porter pour avoir fait ce qui s'imposait. Il avait été naïf d'imaginer que bien agir lui procurerait aussi une impression de bien-être. Cela viendrait certainement. Très vite, il n'éprouverait plus cette drôle de sensation dérangeante quand, en entrant dans le salon, il apercevait la tablette vide sur la cheminée ; très vite, il trouverait quelque chose pour remplacer les chiens disparus… les chiens proscrits ? Pour l'instant il ne voyait pas bien quoi. Très vite, il se réveillerait en se sentant à nouveau lui-même, son âme serait non seulement à nouveau sienne, non seulement sauvegardée et inviolée, mais intacte et enfin de retour à sa place. Non seulement tout serait clair, ordonné et on ne peut plus normal, mais serait ressenti comme tel.

Toujours est-il que la détresse qu'il éprouvait – qui n'était qu'une illusion d'optique – était largement préférable, et même bienvenue, en comparaison de l'indubitable enfer perpétuel qu'aurait sans doute été le mariage. Qu'aurait forcément été le mariage. Jonathan avait confirmation de ce qu'il soupçonnait depuis longtemps, et n'avait pas voulu reconnaître : que la vie humaine, du moins comme on la vivait ici et maintenant, était une imposture, régie par des forces irrationnelles et destructrices, et que la seule solution raisonnable et sûre était de réduire au maximum les risques de blesser l'autre et d'être blessé soi-même.

Sans joie, à regret, avec désarroi, il se rapprochait petit à petit de la position quiétiste. Il entrevoyait même la possibilité qu'il y ait un facteur qu'il ait négligé, mais il ne tenait pas à découvrir lequel.

Soudain, inexplicablement, il se souvint de la superbe bague en rubis. Où se situait-elle dans le grand ordre de l'univers ? On ne pouvait qu'admirer l'habileté de ces dangereuses forces irrationnelles : elles ne reculaient devant rien pour vous attirer en enfer. C'était en leur nom que les rubis étaient extraits, vendus, taillés, polis, montés en bagues puis revendus ; assurés, hérités ; il aurait presque souri en pensant à la perversité du destin qui avait fait atterrir celui-ci dans sa main. Issa le récupérerait en définitive. Il prit subitement conscience, l'espace d'un instant déchirant, que Nicola (maintenant que, pour la première fois, il y réfléchissait) l'aurait adoré. Mais ce détail, évidemment, ne servait qu'à accentuer l'ironie de la situation.

Qu'avait-elle dit, déjà, sur les intérêts générés ? Qu'aurait-il dû dire et faire qu'il n'était pas parvenu à dire et à faire ? Il revoyait ses ongles rouges… rouges rubis. Elle avait, ironie supplémentaire, entamé une nouvelle existence, tandis que lui croupissait toujours dans celle d'avant ! Désarmé, et à penser à elle… bien qu'il ne l'aime pas, et ne puisse pas l'épouser. Et plus certain que jamais que le désir sexuel (qu'il était bien obligé de reconnaître) était la force la plus irrationnelle et la plus destructrice de toutes, la drogue qui vous poussait aux pires erreurs que vous puissiez commettre, des erreurs dont les conséquences persistaient à jamais. C'était épouvantable. Mieux valait cette souffrance-ci que celle-là. Jonathan, au bout du compte, se résigna à la souffrance rationnelle qu'il avait choisie. À Dieu vat ! se dit-il. Il s'attela à ses dossiers.

62

« Je devrais peut-être mettre de la peinture laquée.

– Non, l'émulsion, ça va. Fais-le avec l'émulsion. L'émulsion, c'est mieux.

– Et de l'émulsion, on en a. L'émulsion, c'est plus facile. »

Nicola venait d'emménager, et Susannah, Helen et elle discutaient de l'armoire, qui, de leur avis unanime, devait être peinte en blanc. Autrement, la pièce était assez jolie, avec du coco sur le sol et des stores en bambou aux fenêtres. Nicola avait acheté une lampe de bureau toute simple dans la même boutique, munie d'un abat-jour en papier.

« Il te faut une plante, déclara Susannah. Je t'en offrirai une pour ta crémaillère. Et tu n'as pas de radio non plus. Je peux te prêter celle que j'ai dans l'atelier si tu veux. On va rentrer dîner à la maison, et je verrai si j'ai d'autres bricoles que tu pourrais prendre.

– Tu es trop mignonne, dit Nicola. Je suis sûre que

j'ai tout le nécessaire. » Elle voulait vivre en anachorète, dépouillée du superflu.

Elle revint plus tard ce soir-là avec une radio, des torchons, un réveil de voyage, un oreiller supplémentaire, un ouvre-boîte, un tire-bouchon et une bouteille de vin.

« Surtout, dit Susannah dans la voiture, promets-moi que si ça s'avère trop horrible là-bas, tu reviendras illico chez nous.

– Tout ira bien, affirma Nicola.

– Promets quand même, insista Susannah. Après tout, on ne sait jamais. Sam est un connard sardonique et Helen peut être une affreuse mégère.

– Mais Chloe est un chou, dit Nicola. Tout se passera bien. Bon, il faut que j'y aille et que je me pose. Je bosse demain.

– D'accord, dit Susannah tristement. Fais attention à toi, ma puce. »

Elle s'inquiétait sincèrement pour Nicola. Elle était plus convaincue que jamais que ce qui lui était arrivé n'aurait pas dû arriver, que c'était la chose la plus injuste qui soit, que c'était franchement mal. Elle expliqua tout cela à Geoffrey en rentrant.

« Si c'est si mal que ça, alors c'est bien.

– Je ne comprends pas.

– Si Jonathan a pu perpétrer une injustice aussi abominable, elle n'a rien à regretter. Il lui a rendu service. Sinon elle aurait été coincée avec ce monstre pour toujours.

– Mais s'il n'avait pas fait ça, il ne serait pas un monstre.

– Ah, tu veux dire qu'il est devenu un monstre après l'avoir fait ? Ou du moins en le faisant. Qu'il n'en était pas un avant.

– Euh…

– Enfin quoi, en toute logique, c'était forcément un monstre avant de le faire, sinon il n'aurait pas pu le faire. La volonté précède l'acte.

– Il aurait pu avoir cette volonté monstrueuse, mais ensuite se raviser et ne pas passer à l'acte.

– Donc tu aimerais mieux que ce soit un monstre retors, hypocrite et sournois.

– Non, j'aimerais mieux que ce soit un monstre repenti qui a compris que ses souhaits étaient une erreur et ne les a pas convertis en actes.

– Ça semble beaucoup demander à un monstre.

– À quoi bon être un monstre si on ne se réforme pas ?

– À quoi bon être un monstre si on se réforme ?

– Il n'aurait pas dû faire semblant de ne pas être un monstre au départ. Ç'aurait été mieux.

– Oui, certes.

– Pourquoi les hommes sont-ils aussi épouvantables ?

– Parce que ce sont des bipèdes.

– Qu'est-ce que tu veux dire ?

– Réfléchis. Quelle est la différence la plus frappante entre les hommes et les chiens, ou les hommes et les chats, ou tout autre mammifère mâle ?

– *Oh.*

– Tu vois ? Ils sont vulnérables…

– Plutôt tragique, au fond.

– C'est la vie humaine.

– Marrant, non ?

– Désopilant. »

63

« Nicola ! Tu es là-haut ? »

Nicola, pinceau à la main, sortit sur le palier. C'était Sam, qui montait l'escalier avec une plante verte imposante enveloppée dans du papier de fleuriste.

« Ah, fit-il. Je t'apporte juste ça. Guy a joué les livreurs cet après-midi pendant que tu étais encore au bureau. Sacrément utile, le gosse. Pas comme d'autres. Où je te la pose ? »

Il fut invité à entrer et Nicola lui prit la plante et la déballa. Un pélargonium blanc, une véritable splendeur, avec une carte de Susannah.

« Elle est vraiment adorable, murmura Nicola.

– Oui, dit Sam. Sans doute. Vous les femmes vous appréciez ce genre de truc, hein ? »

Nicola ne savait trop de quel genre de truc il voulait parler, mais répondit que oui, et plaça la plante sur la cheminée au-dessus du poêle à gaz éteint.

Sam contempla la pièce de son habituel regard de fouine. « Pas mal, hein ? » dit-il fièrement, alors qu'il était celui qui avait le moins contribué à ce résultat.

Nicola sourit intérieurement et acquiesça, avant de se remettre à peindre l'armoire.

« Oui, dit Sam, approbateur. Comme dans la marine : on salue tout ce qui bouge et le reste on le peint. Mon père était militaire, tu le savais ? Non, ne va pas croire qu'il était officier. Qu'il avait gravi les échelons. Sergent-chef. Bordel. N'empêche, il a survécu et moi aussi. » Il balaya à nouveau la pièce du regard. « Pas trop encombrée par les biens matériels, on dirait ? »

Nicola en convint, et fut tentée d'en rester là, mais changea d'avis. « Je les ai abandonnés, expliqua-t-elle. Il y a quand même quelques trucs qui vont arriver. Je dois aller les chercher à Notting Hill.

– Ah oui, fit Sam. Notting Hill. »

Que dire de plus ? Nicola eut soudain la boule au ventre. Notting Hill. Même maintenant (*c'est fini*) la douleur pouvait s'intensifier de cette façon-là, comme si elle se régénérait, comme si elle ressuscitait, et resserrer son étau avec une force encore plus terrible qu'avant.

« Ah, au fait, reprit Sam, percevant, à un niveau peut-être subliminal, le changement d'atmosphère, je ne sais pas si tu as quelque chose de prévu pour dîner, mais sinon Helen a suggéré que tu te joignes à nous. On se met à table vers huit heures. »

Nicola le remercia et dit qu'elle apporterait une bouteille de vin qu'elle avait justement sous la main, et Sam, examinant la pièce une dernière fois comme pour y repérer enfin quelque enviable article de luxe, quelque hypothétique *objet de vertu**, se retira.

Nicola continua à peindre. L'odeur de la peinture fraîche possédait au moins un mérite : elle avait beau vous rappeler des temps plus heureux – des temps de ciel d'azur –, c'était toujours une odeur encourageante, optimiste et même joyeuse. Elle ne savait pas comment elle aurait supporté sa situation sans elle.

64

Le mot qu'elle reçut au bureau le mardi matin était écrit à la main sur le papier à lettres du cabinet.

Chère Nicola,

Les documents afférents au transfert de crédit sont maintenant en ordre, et si tu pouvais passer ici dans la semaine pour les signer en bonne et due forme, la vente pourra être finalisée. Je suggère jeudi vers une heure de l'après-midi… préviens-moi si tu préfères un autre jour, une autre heure, ou les deux.

Bien à toi,

Jonathan

Cher Jonathan,

La date que tu proposes en vaut une autre. À jeudi.

Nicola

Parce que c'était plus amusant que le métro, et qu'il n'y avait pas d'autre amusement à espérer, elle se trouvait sur l'impériale d'un bus qui avançait au pas dans les embouteillages du déjeuner, roulant vers la City, vers Jonathan et la conclusion de la vente. Ce n'est qu'une tâche à accomplir, se disait-elle. Un simple détail. Pas le pire, ni même le dernier à régler : il ne prendrait que quelques minutes.

On la fit patienter deux de ces minutes à la réception, puis Jonathan apparut. Il hocha la tête sans tout à fait sourire, et elle le suivit dans un couloir jusqu'à son bureau. Elle constata qu'il en occupait un très grand aujourd'hui. Le mobilier semblait assez luxueux : un bureau ministre à plateau de cuir, et même un fauteuil à oreilles dans un angle. Un fauteuil de douairière... Jonathan avait-il affaire à des douairières ? Ce n'était pas totalement exclu. Il y avait sans doute une bouteille de sherry très sec quelque part, mais il ne lui en offrit pas. Il indiqua un fauteuil en face du sien et elle s'assit.

Il se mit à feuilleter les papiers devant lui, extrayant ceux qu'elle devait signer, puis leva les yeux.

« Tu vas bien ? » demanda-t-il aimablement.

Elle lui assura que oui.

« Parfait. Bon. Si tu pouvais juste signer ici... et encore ici... là où il y a les croix. » Il lui tendit deux documents. « Ah, fit-il, j'oubliais... il te faut un stylo.

– Ça va, j'en ai un. »

Ouvrant son sac à main, elle y prit un stylo dont elle ôta le capuchon. Il se laissa aller dans son fauteuil comme s'il se détendait, de manière assez ostentatoire, afin de bien lui montrer que cet épisode n'avait rien d'extraordinaire. Il pouvait difficilement ne pas la regarder tandis qu'elle parcourait ce qu'elle était censée signer : il aurait été artificiel de regarder ailleurs.

Bien sûr elle s'était habillée avec un certain soin pour l'occasion. C'était une journée assez chaude et arborer une tenue estivale ne dénotait plus ni ingénuité ni excès d'enthousiasme béotien ; elle portait une robe en lin très pâle avec un pull en soie. Une allure impeccable, c'était le but recherché. Elle finit de signer et lui rendit les documents.

« Bien, dit-il. Et voilà ton… » Il ne termina pas sa phrase ; il n'existait aucun moyen de le faire sans être horriblement grossier : il se contenta de lui remettre le chèque.

Elle regarda le bout de papier : il ne signifiait absolument rien pour elle. Elle n'avait pas effectué de calculs ; c'est à peine si elle se souvenait du montant du dédommagement auquel il était parvenu.

Il entreprit d'expliquer. « J'ai là le récapitulatif de tous les chiffres. Tiens.

– Ça ira. Je n'ai pas besoin de les voir.

– Comme tu voudras. » Il reposa la feuille de papier dans le dossier, qu'il referma. L'affaire était bouclée.

Elle glissa le chèque dans son sac et il consulta sa montre.

« Je t'inviterais bien à déjeuner, mais je suis un peu

à la bourre… j'ai un client qui doit débarquer dans une demi-heure. »

Elle se leva. « Je t'en prie, dit-elle, je ne comptais pas dessus. »

Elle pivota vers la porte et il contourna son bureau pour la rejoindre.

« Je te raccompagne », dit-il, et elle le suivit dans le couloir, puis la zone d'accueil.

Les locaux étaient toujours déserts ; tout le monde était sorti, à part la réceptionniste qui, occupée à taper, leva à peine la tête vers eux. Il lui tint ouverte la porte donnant sur le hall. Il la reconduisait dans les règles de l'art. Elle appuya sur le bouton de l'ascenseur et entendit l'appareil monter, peut-être, de deux étages en dessous.

« Eh bien, lança-t-il, plus guilleret maintenant qu'elle allait partir. Bonne… chan… » Mais il n'alla jamais au bout de cette formule mal choisie (bien que parfaitement adaptée) : alors que l'ascenseur arrivait, au moment précis où ses portes s'ouvraient, Nicola se retourna vers Jonathan, planté là, soulagé, si indéniablement soulagé, et elle le gifla.

La dernière chose qu'elle vit, quand les portes de l'ascenseur se refermèrent entre eux, ce furent ses yeux d'un bleu grisâtre fixés sur elle, tout brillants d'effroi et de surprise, au-dessus de la main que – très légèrement brûlée par le soleil, ses longs doigts écartés – il avait levée pour couvrir l'épouvantable marque cramoisie qui enflammait déjà sa joue de blond. La gifle avait produit un son tout à fait perceptible. Elle avait été aussi enchantée qu'étonnée de la netteté du claquement. Si par hasard la réceptionniste avait cessé de taper, elle l'aurait clairement entendu. Nicola espérait cependant de tout cœur que la réceptionniste n'ait pas cessé de taper.

65

« Non, dit Susannah. C'est pas possible ! J'y crois pas, tu n'as pas fait ça ! Dis-moi que tu inventes.

– Je ne peux pas. Parce que c'est vrai. Je l'ai fait.

– Mon Dieu, fit Susannah. On n'a pas de champagne, sinon je le déboucherais tout de suite. J'ai bien envie de sortir en acheter.

– Pas la peine. Je dois éviter de boire, je garde Chloe ce soir… d'ailleurs, il ne faut pas que je tarde ; je voulais juste te faire un petit coucou en rentrant. Ah… autre chose : j'ai eu mon entretien pour Scunthorpe aujourd'hui.

– Ah bon ? Où ça ?

– Ils ont emprunté une salle au Arts Council.

– Tu as souffert ?

– Oui, affreux. Ils étaient quatre. Courtoisie absolue et regard d'acier.

– Du moment que tu n'as pas le poste.

– Aucune chance. Mais c'est super d'avoir été retenue. J'ajouterai peut-être ça à mon CV la prochaine fois. “Sélectionnée pour un poste d’assistante du directeur du Festival littéraire de Scunthorpe.” Ça devrait enrichir mon profil. Bon, je ferais mieux d’aller retrouver la petite Chloe.

– On peut dire qu’ils n’ont pas molli sur ce coup-là.

– Hé, tu croyais quoi ? »

Chloe était dans la cuisine avec sa mère ; elle mangeait des bâtonnets de poisson pané avec des carottes.

« Ah, te voilà, s’écria une Helen à l’air stressé. Génial. Dis, ça te dérangerait pas de me relayer ? Ça me permettrait de prendre un bain et de me changer. Elle devrait plus ou moins finir son assiette, et après elle pourra manger ce yaourt et aller se coucher. Extra. »

Elle disparut et Nicola s’assit à côté de la fillette et commença à bavarder avec elle. Bientôt, les bâtonnets de poisson perdirent de leur charme – Nicola, qui en goûta un, le comprit sans mal –, mais Chloe mangea le yaourt en entier. Puis Nicola l’emmena à l’étage pour jouer un petit moment.

« Ah, vous êtes là ? fit Sam, passant la tête par la porte du salon. Bien. Elle est sage ? Bien. Ne te laisse pas faire, surtout. Donne-lui un doigt et elle te prendra le bras. C’est pas vrai, ce que je dis ? »

Chloe regarda son père avec une stupeur compréhensible.

« Tu sais de quoi je parle, pas vrai ? »

Cette fois la fillette ne répondit pas *ouais*, mais continua à le dévisager les yeux écarquillés, puis, secouant la tête comme pour rejeter sommairement aussi bien la question que son auteur, elle se retourna et s'éloigna en rampant sur le sol.

« Enfin, au moins elle a les yeux bleus, dit-il avec résignation. C'est déjà ça.

– Sans doute », acquiesça Nicola avec un soupçon de tristesse.

Eh oui. Les yeux bleus étaient à coup sûr un atout. Ils avaient indéniablement quelque chose de magique.

« Bon, dit Sam, je ferais mieux de filer ou il va m'arriver des bricoles. Une fois de plus. Excuse-moi. »

Nicola ramassa la fillette pour l'installer sur ses genoux et se mit à lui chanter une chanson :

Pomme de reinette et pomme d'api,
D'api, d'api rouge
Pomme de reinette et pomme d'api,
D'api, d'api gris

Elle lui tenait les mains en les faisant claquer en rythme. La fillette était aux anges.

« Pigri ! Pigri ! » s'écria-t-elle.

Sam et Helen, entrant dire au revoir et surprenant la scène, échangèrent des regards de puissant contentement tandis qu'ils quittaient la maison. Comment une personne autre que ses parents officiels pouvait-elle accepter de garder, sans parler de jouer avec, un enfant en bas âge, ce mystère les dépassait complètement. N'importe, une farfelue de ce genre leur était tombée du ciel, et la vie avait pris soudain des couleurs chatoyantes.

66

Nicola, dans une brasserie de Soho, buvait des vodka tonics avec Lizzie.

« Écoute, ma chérie, dit Lizzie, Alf est tombé sur ton ami l'autre soir. Il l'a croisé au Middle Temple ou je ne sais plus où.

– Ah, très bien, dit Nicola. Contente d'apprendre qu'il est toujours de ce monde.

– Et si tu me racontais ce qui s'est passé depuis la dernière fois ? Si tu veux bien, évidemment. Je ne voudrais pas être indiscrète.

– Non. Bien sûr.

– J'aurais dû prendre de tes nouvelles plus tôt, mais tu sais comment c'est.

– Bien sûr.

– Henrietta a eu la varicelle.

– Oh, zut. Pauvre Henrietta.

– C'est Fergus qui la lui a passée.

– Oh, zut.

– À Pâques.

– Quelle plaie.

– Les enfants sont drôles, pour ça.

– Les pauvres petits.

– Bon, alors, toi, tu tiens le coup ?

– À peu près. » Elle fit à Lizzie un résumé des événements de ces dernières semaines, en finissant par l'entretien pour Scunthorpe.

« Mais c'est incroyable ! s'exclama Lizzie. Je produis justement une émission sur le Festival pour Channel Four. Ce sera formidable de t'avoir sur place.

– Je n'y serai pas.

– Peut-être que si.

– Il y a peu de chances.

– On verra. Je pourrais peut-être en toucher un mot à…

– Surtout pas !

– D'accord. Comme tu voudras.

– Je te suis reconnaissante, mais…

– Non, tu as raison, bien sûr. N'empêche, ça pourrait être assez intéressant, dans le genre.

– Oui, j'aurais bien aimé faire partie de l'aventure. J'avais posé ma candidature sur un coup de tête. Juste après m'être fait larguer, tu comprends. J'étais un peu déboussolée.

– Pauvre Nicola. Tu en as bavé à ce point ?

– Oui.

– Je peux peut-être t'offrir une consolation.

– Comment ça ?

– Comme je t'ai dit, un brillant avocat junior, peu connu pour ses tendances à broder ou à travestir la vérité, a raconté que ton petit ami…

– Ex-petit ami.

– … que ton ex-petit ami, aperçu plus tôt cette semaine aux abords du Middle Temple – je crois que c'était le Middle Temple –, où en étais-je ?

– À la proposition subordonnée qui suivait ton, ou plutôt, *mon* ex-petit ami.

– Ah, oui. Eh bien, l'ex-petit ami donnait l'impression – à ce qu'on m'a raconté – que la vie avait perdu toute sa saveur. Il aurait paru à la fois rongé et mélancolique, d'une manière un peu pincée, style « Je suis le Ténébreux, le Veuf, l'Inconsolé ».

– Mince alors ! Tu en es bien sûre ?

– C'était l'impression produite, en tout cas.

– Bon sang, quel culot !

– N'empêche, c'est mieux qu'il soit malheureux maintenant, par sa faute, et donc à juste titre, que pas du tout.

– Pauvre Jonathan.

– Quand même, tu ne l'…

– Non. Non non non non non ! »

67

« Susannah, il est arrivé une chose terrible.

– Alors pourquoi tu souris comme ça ?

– Parce que c'est vraiment marrant.

– Ah, je vois. Tu as décroché le poste. Nicola, comment as-tu pu ?

– Ce n'est pas ma faute. Ce n'est pas comme si j'avais tout fait pour.

– Justement, c'est ta faute... Si tu avais tout fait pour, tu ne l'aurais pas décroché. Enfin, ce n'est pas grave, tu peux refuser. Tu vas refuser, pas vrai ?

– Non. Je ne peux pas. Trop tard. Ils m'ont téléphoné au bureau aujourd'hui, tu comprends. Mon numéro au boulot. Et j'ai accepté.

– Oh, comment as-tu pu ? Pourquoi ?

– Voyons, qu'est-ce que je pouvais faire d'autre ? Je veux dire, ça l'aurait foutu mal. Ce n'est pas correct, de se désister à ce stade. Du moins sans une très bonne raison. J'étais prise de court, j'ai été obligée d'accepter.

– Oh, merde.

– Non, c'est bien, je t'assure. Six mois à Scunthorpe, pourquoi pas ?

– Oh, Nicola, je n'arrive pas à y croire. Enfin quand même… tu ne seras pas là-bas tout le temps, si ?

– Euh, j'imagine que je ferai un peu la navette.

– Tu commences quand ?

– Le premier juin. Dans un mois. J'ai déjà donné mon préavis.

– Alors ça y est. C'est vraiment terrible.

– Non, pas du tout. Ce sera très bien pour ma carrière. Je vais acquérir de l'expérience dans la com et tout un tas de trucs. Ils voulaient quelqu'un de polyvalent, tu comprends ; quelqu'un de flexible, pas trop rigide.

– Et ils t'ont choisie, toi.

– Oui. Ils ont dû me voir sur la piste de danse en boîte de nuit !

– Sûrement. Ils ont des espions partout.

– Oui : le management artistique et ces métiers-là ont le vent en poupe.

– Bientôt, dans les restaus chic, les gens se donneront des coups de coude en te voyant rejoindre la meilleure table et ils marmonneront : ne regarde pas, c'est Nicola Gatling.

– Si ça se trouve, ils le font déjà. Ou ils le feraient, si je rejoignais en effet la meilleure table, ou n'importe quelle table, dans un restau chic… Ah, ça me fait penser : on peut dîner ensemble samedi prochain ? C'est moi qui régale. Il y a un nouvel endroit sympa dont on m'a parlé de ce côté du *fleuve**, et je me suis dit que j'allais tous vous inviter avec Philip et Jean-Claude. Il est temps de faire une petite fiesta. Qu'est-ce que tu en dis ?

– J'en dis excellente idée. Merci, Nicola.

– Il ne me reste qu'une corvée à liquider. Ce sera ma récompense pour fêter la fin de tout ce cirque. J'imagine que tu sais à quel cirque je fais allusion.

– Je crois que oui, trésor. Une récompense bien méritée.

– Donc je réserve une table pour samedi prochain.

– Chouette.

– Qu'est-ce qui est chouette ?

– Ah, te voilà… Nicola nous emmène dîner dans un nouveau restau sympa samedi prochain.

– Moi aussi ?

– Oui, toi aussi !

– Ouah, alors, ça c'est *chouette*. Je vais prévenir papa ?

– Vas-y. »

Guy s'esquiva en courant pour revenir une minute plus tard.

« Tu l'as prévenu ?

– Oui.

– Qu'est-ce qu'il a dit ?

– Il a dit : chouette.
– C'est vrai ?
– Oui, c'est vrai, je t'assure. Chouette, il a dit.
– Alors ça c'est chouette. »

68

Elle avait complètement oublié de rendre les clés à Jonathan : ça s'avéra plutôt une bonne chose, au demeurant.

Cher Jonathan,

Je suis désolée d'avoir mis si longtemps à m'organiser, mais je pensais récupérer le reste de mes affaires samedi prochain aux alentours de deux heures de l'après-midi si ça te va. Comme j'ai encore les clés – pardon pour cet oubli –, je pourrais entrer en ton absence, puis refermer et te laisser le trousseau dans une enveloppe dans la boîte aux lettres au rez-de-chaussée. S'il te plaît, dis-moi si cet arrangement te pose un problème quelconque.

Bien à toi,

Nicola

Ne recevant aucune réponse à cette lettre, Nicola supposa très raisonnablement que l'arrangement convenait à Jonathan ; le jour dit, elle entrait dans l'immeuble.

Elle s'était rigoureusement refusée à envisager le désarroi qu'elle pourrait éprouver en revenant là-bas, puis en en repartant, à tout jamais : ah, pour ça, elle s'était mise en garde et sermonnée ! Elle monta l'escalier quatre à quatre comme pour se prouver qu'elle effectuait une tâche insignifiante : une femme affublée d'un jean rose ne pouvait pas être en train d'accomplir une chose un tant soit peu importante, un tant soit peu bouleversante. Elle arriva au deuxième étage, devant la porte qui avait été la sienne pendant si longtemps ; elle la déverrouilla, et, respirant à fond, pénétra dans l'appartement.

Le silence était effrayant. Sa présence semblait violer quelque force secrète qui avait pris possession des lieux ; elle s'attendait presque à ce que des mains jaillissent des murs pour l'agripper et l'empêcher d'avancer. Dans l'espoir de leur échapper elle longea le plus vite possible le bref couloir qui menait de la porte d'entrée au vaste espace lumineux du salon : là, les fantômes du passé lui souhaiteraient la bienvenue, ou du moins lui reconnaîtraient le droit de se trouver ici pour cette toute dernière fois. Elle apercevait déjà les reflets blancs du soleil qui inondaient la pièce ; elle y entra.

Le choc causé par cette clarté éblouissante s'estompa aussitôt, remplacé par une nouvelle et plus profonde impression de silence. Ici, dans le vide baigné de soleil, le silence était plus terrible encore. Elle s'assit, tremblante, sur le bord du canapé, ébahie, et presque tétanisée. Je n'aurais pas dû venir, se dit-elle. Je n'y arrive pas en fin de compte. Je ne suis pas aussi courageuse que je croyais.

Tant pis, maintenant que tu es ici, fais ce que tu as à faire, s'ordonna-t-elle. Elle se fit donc violence et, se levant de son siège, marchant presque à l'aveuglette, elle rebroussa chemin et alla dans la chambre ouvrir l'armoire où devaient être rangées ses ultimes affaires, telles qu'elle les avait laissées toutes ces semaines auparavant.

Mais là un autre choc l'attendait. Car si le silence de l'appartement l'avait accablée et même effrayée, il semblait maintenant l'agresser et lui dire qu'elle n'avait aucun droit d'être ici, absolument aucun. Il semblait émaner d'une force plus sombre et plus secrète encore que celle qui régnait dans le salon et le couloir. Cette chambre lui était interdite non seulement à elle, mais à toutes les créatures sensibles. Cette chambre, avec son armoire en acajou, son lit magnifique, mais sobre, ses fenêtres orientées au nord par lesquelles – même maintenant – elle pouvait voir les cimes des arbres dans les jardins communautaires se balancer sous la brise d'un après-midi de printemps, cette chambre n'hébergeait plus que le reniement, la désolation et le chagrin, plus que les noirs esprits qui occupent le vide laissé par la tendresse, l'amour et la confiance. Elle perçut cela en un instant, distinctement. Jonathan l'avait à l'évidence perçu aussi : lui non plus n'était pas revenu dans cette chambre. Elle avait été complètement abandonnée. Le reniement, la désolation et le chagrin la caressaient de leurs frêles doigts avides et lui chuchotaient à l'oreille de leurs petites voix éplorées ; elle traversa la pièce et, tournant la grande clé de fer qui les maintenait fermées, ouvrit les portes de l'armoire.

Ses cartons étaient là, exactement tels qu'elle les avait laissés ; à la tringle en laiton au-dessus ne pendait aucun vêtement. Rien, rien que l'espace noir et vide : pas même un cintre ne subsistait dans le ventre de cette grande armoire qu'elle avait tant aimée. Ici, étrange phénomène, battait le cœur du malheur qui imprégnait la pièce et, au-delà, l'appartement tout entier. Ici, et non, comme on aurait pu vulgairement le supposer, dans le lit, qui trônait, morne, inexpressif, sans passion, à sa place. Non : ici, dans l'obscurité de l'armoire vide, se nichait le symbole de toute leur souffrance. Elle transporta les cartons dans le couloir un par un et les déposa près de la porte d'entrée, puis, jetant depuis le seuil un ultime regard sur la pièce sépulcrale, elle referma doucement la porte.

Elle était en deuil à présent, et le savait. La mort était enfin pleinement reconnue, les obsèques pouvaient avoir lieu. Mais que faire, en matière de rite funéraire, pour une créature aussi fragile, aussi impalpable, que la vie que Jonathan et elle avaient partagée ? Elle pourrait au moins, l'espace d'une minute ou deux, lui accorder l'hommage d'un adieu franc et définitif ; elle pourrait s'asseoir une fois encore sur le canapé (qu'ils avaient payé une fortune, et avec allégresse) dans le silence éblouissant de cette pièce d'un bleu azuréen. Ça, au moins, elle pouvait le faire. Elle pénétra dans le salon une fois encore et, s'asseyant une fois encore sur le bord du canapé, elle s'abandonna au flot des souvenirs, des sensations et des images qui commencèrent à défiler comme un film sur l'écran de sa conscience endeuillée.

69

« Oh… je suis désolée ! Je…

– Non, c'est moi qui suis désolé… je pensais que tu serais partie, j'aurais…

– Non, enfin, oui, j'aurais dû être partie, j'ai été retardée… je vais juste…

– Écoute… » Il hésitait à la porte, aussi démuni qu'elle : chacun aussi effrayant pour l'autre qu'une apparition. Il avança de quelques pas indécis dans la pièce. « Puisque tu es là, dit-il, puisqu'on se croise comme ça… il y a quelque chose que je voulais te dire. »

Elle était muette ; elle tremblait.

« J'aurais écrit, reprit-il, mais bon… écoute… est-ce qu'on pourrait s'asseoir un moment ? »

Et toujours tremblante, toujours muette, elle se rassit.

Il traversa la pièce avec hésitation et s'installa délicatement à l'autre bout du canapé. Il eut un geste d'impuissance. « Je voulais juste te dire que je suis désolé.

– Désolé, répéta-t-elle stupidement. Qu'est-ce que tu entends par là ?

– Je suis désolé pour… tout. Pour ce qui s'est passé.

– Ah.

– Tu comprends ?

– Non. Non, je ne comprends pas. Je ne vois pas ce que tu veux dire.

– J'ai fait une erreur. J'ai fait une *terrible* erreur, une erreur absolument terrible.

– Ah, je vois.

– Je me suis trompé. »

Elle ne saisissait pas. Il avait du mal à continuer à parler, mais elle ne pouvait pas l'aider.

« Je ne comprends pas comment c'est arrivé, poursuivit-il. En fait je ne comprends vraiment pas ce qui est arrivé. C'est juste que… c'était une erreur. Je me suis trompé.

– Tu es en train de me dire…

– Je n'aurais pas dû te demander de partir. Je n'aurais pas dû dire que je ne t'aimais pas. J'ai… j'ai fait une connerie. Écoute… je suis juste… » Et il se mit à pleurer. Il était assis là, à pleurer. C'était affreux à voir. Mais elle ne pouvait rien faire.

« Jonathan, arrête. Arrête, arrête.

– Tu as raison, dit-il, ses larmes cessant de couler. Ça n'a rien de raisonnable, après tout ce que j'ai fait. »

Il y eut un silence atroce, noir comme la nuit, comme s'ils contemplaient le fond d'un gouffre. Le silence lui-même semblait résonner, dans ce noir atroce.

Ce fut lui qui finit par parler. « Est-ce que tu peux me pardonner ? demanda-t-il.

– Je ne sais pas. Je ne peux pas te dire. »

Elle était trop surprise, en réalité.

« S'il te plaît, insista-t-il d'un ton pitoyable, s'il te plaît… il faut que tu me pardonnes. Parce que, vois-tu… vois-tu, si tu ne peux pas, si tu ne veux pas, ma vie ne vaudra pas la peine d'être vécue. »

Il la regardait ; ses yeux bleus n'étaient plus froids mais ardents : il était on ne peut plus sérieux ; il croyait sincèrement que sa vie ne vaudrait pas la peine d'être vécue.

« C'est trop demander, dit-elle. La valeur de ta vie ne peut pas dépendre de moi, de ce que je pourrais faire.

– Tu as raison, dit-il. On en demande toujours trop. »

Pourtant, elle pressentait que ce serait sa vie à elle qui ne vaudrait pas la peine d'être vécue si elle ne lui pardonnait pas.

« Je ferai mon possible », dit-elle.

Il y eut un autre silence ; Jonathan cherchait ses mots. « Je…, commença-t-il. J'espère… je me demandais s'il y avait quoi que ce soit, quoi que ce soit que je puisse faire pour toi, maintenant, ou n'importe quand… vois-tu, aujourd'hui, je… écoute… est-ce qu'on pourrait se revoir ? Est-ce que tu m'autoriseras à te revoir ?

– Je ne sais pas. Je m'en vais bientôt, de toute façon.

– *Quoi ?* »

Elle lui raconta Scunthorpe.

Il était anéanti ; il restait assis là, désarmé, vaincu. Puis il sembla un peu se ragaillardir. « Prends la voiture, dit-il. Il t'en faudra une, là-bas. »

Ça, au moins, c'était quelque chose qu'il pouvait faire pour elle, immédiatement.

« Non, je ne peux pas accepter. »

Sa voiture était une Renault assez haut de gamme, en plus.

« Bien sûr que si ; tu dois. C'est le moins que je puisse faire. Tu peux la prendre tout de suite si tu veux. »

Elle expliqua qu'elle avait la voiture de Susannah.

« J'ai sans doute un P-V à l'heure qu'il est. Il faut vraiment que j'y aille. »

Mais elle restait là, impuissante, désorientée. Il regarda par la fenêtre. Le soleil entrait toujours à flots dans la pièce où ils étaient assis, abasourdis et apeurés. Pendant que les fantômes patientaient dans les cloisons.

Il lui prit la main. « Est-ce que tu pourrais juste me laisser espérer, pour l'instant ? demanda-t-il. Juste me laisser croire, pour l'instant, que je pourrais faire en sorte de tout réparer ? Que je pourrais, d'une façon ou d'une autre, me débrouiller pour tout arranger ? Est-ce que tu peux me laisser espérer ça ? Au moins pour l'instant ? »

Elle ne dit rien : que pouvait-elle dire, au fond ? Elle le regarda. Qui était cet inconnu ?

« Je t'aime, Nicola », dit-il.

Il vit l'expression dans ses yeux, et lui lâcha la main.

« Non… oui… bien sûr, là, tu n'arrives pas à y croire, je m'en rends bien compte…

– Tu y crois, toi ? »

Pouvait-on jamais y croire, d'ailleurs ?

« Je te le prouverai, dit-il. Je ferai tout pour te le prouver. Je trouverai un moyen. »

Elle réprima une envie de lui dire, non, je t'en prie, ne te donne pas cette peine. Tout à coup elle se sentit complètement vidée, comme si d'un instant à l'autre elle risquait elle-même de se mettre à pleurer. Il n'y avait aucune raison. Soudain, elle se souvint des clés ; elle les sortit de son sac pour les lui rendre.

Il eut une légère hésitation avant de les prendre. Puis il parut avoir une idée. « Au fait, est-ce que tu aimes les rubis ?

– Les rubis ?

– Oui, c'est ça, les rubis.

– Je n'y ai jamais réfléchi.

– Je me demandais.

– Je vois. »

Peut-être qu'il était fou… Tout, elle le savait à présent, était possible.

« Écoute, il faut vraiment que j'y aille, lui dit-elle. Susannah a besoin de la voiture. »

Jonathan eut un haussement d'épaules résigné. « Donne-moi ton numéro de téléphone, tu veux bien ? » demanda-t-il.

Elle le lui nota. Il l'aida alors à descendre les cartons.

Il s'appuya à sa portière et la fixa des yeux avec anxiété.

« Sois prudente au volant, l'adjura-t-il.

– Bien sûr.

– Je t'appelle… ah ! dis, j'ai failli oublier… tu as laissé cette marmelade…

– J'ai laissé quoi ?

– La marmelade que ma mère m'a donnée pour toi, je vais juste…

– Pour l'amour du ciel. » Elle se mit à rire.

Il avait l'air dérouté ; il essaya de sourire.

« Tu peux la manger, dit-elle.

– Tu es sûre ?

– Oui, absolument certaine.

– Ah, merci, merci, je la mangerai, alors.

– *Bon appétit* !* »

Elle enclencha la vitesse. Elle pouvait à peine regarder son visage, à cet instant-là : c'était pour elle une torture. Elle lui fit un petit signe et s'en alla.

Lorsqu'elle atteignit Chelsea, elle ne franchit pas immédiatement le fleuve, mais se gara près de l'Embankment. Penchée par-dessus le parapet, elle contempla l'eau un long moment tandis que les voitures vrombissaient dans son dos, se demandant pourquoi elle n'arrivait pas – pour l'heure – à ressentir quoi que ce soit d'autre qu'une écrasante et indicible tristesse.

DU MÊME AUTEUR

Aux Éditions Albin Michel

LES PETITES ROBES NOIRES, 2019

« LES GRANDES TRADUCTIONS »

(extrait du catalogue)

CHRIS ABANI
Graceland
traduit de l'anglais (Nigeria) par Michèle Albaret-Maatsch
Le Corps rebelle d'Abigaïl Tansi
Comptine pour enfant-soldat
traduits de l'anglais par Anne Wicke

CHRIS ADRIAN
Une nuit d'été
traduit de l'anglais (États-Unis) par Nathalie Bru

DANIEL ALARCÓN
Lost City Radio
La Guerre aux chandelles
traduits de l'anglais (États-Unis) par Pierre Guglielmina
Nous tournons en rond dans la nuit
traduit de l'anglais (États-Unis) par Nathalie Bru

SASCHA ARANGO
La Vérité et autres mensonges
traduit de l'allemand par Dominique Autrand

ALESSANDRO BARICCO
Châteaux de la colère, prix Médicis étranger 1995
Soie
Océan mer
City
Homère, Iliade
traduits de l'italien par Françoise Brun

MISCHA BERLINSKI
Le Crime de Martyia Van der Leun
Dieu ne tue personne en Haïti
traduits de l'anglais (États-Unis) par Renaud Morin

ANDREI BITOV
Les Amours de Monakhov
traduit du russe par Antonina Roubichou-Stretz
La Datcha
traduit du russe par Christine Zeytounian-Belos
Un Russe en Arménie
traduit du russe par Dimitri Sesemann

IRINA BOGATYREVA
Camarade Anna
traduit du russe par Christine Zeytounian-Beloüs

ELIAS CANETTI
Histoire d'une jeunesse, la langue sauvée, 1905-1921
Les Années anglaises
traduits de l'allemand par Bernard Kreiss
Le Flambeau dans l'oreille, histoire d'une vie, 1921-1931
traduit de l'allemand par Michel-François Démet
Jeux de regard, histoire d'une vie, 1931-1937
traduit de l'allemand par Walter Weideli
Le Livre contre la mort
traduit de l'allemand par Bernard Kreiss

VEZA ET ELIAS CANETTI
Lettres à Georges
traduit de l'allemand par Claire de Oliveira

ELIAS CANETTI ET MARIE-LOUISE MOTESIZKI
Amants sans adresse, correspondance 1942-1992
traduit de l'allemand par Nicole Taubes

GIUSEPPE CULICCHIA
Le Pays des merveilles
traduit de l'italien par Vincent Raynaud

DANIEL DEFOE
Robinson Crusoé
traduit de l'anglais par Françoise du Sorbier

ANTHONY DOERR
Toute la lumière que nous ne pouvons voir
traduit de l'anglais (États-Unis) par Valérie Malfoy

DAPHNÉ DU MAURIER
Rebecca
traduit de l'anglais par Anouk Neuhoff

JOHN VON DÜFFEL
De l'eau
Les Houwelandt
traduits de l'allemand par Nicole Casanova

DAVIDE ENIA
Sur cette terre comme au ciel
La Loi de la mer
traduits de l'italien par Françoise Brun

JILL ALEXANDER ESSBAUM
Femme au foyer
traduit de l'anglais (États-Unis) par Françoise du Sorbier

KIKE FERRARI
De loin on dirait des mouches
traduit de l'espagnol (Argentine) par Tania Campos

TOM FRANKLIN
Braconniers
La Culasse de l'enfer
traduits de l'anglais (États-Unis) par François Lasquin et Lise Dufaux
Smonk
traduit de l'anglais (États-Unis) par Michel Lederer

DANIEL GALERA
Minuit vingt
traduit du portugais (Brésil) par Régis de Sá Moreira

FABIO GEDA
Le Dernier Été du siècle
traduit de l'italien par Dominique Vittoz

HEIKE GEISSLER
Rosa
traduit de l'allemand par Nicole Taubes

ESTHER GERRITSEN
Frère et sœur
traduit du néerlandais par Emmanuelle Sandron

DANA GRIGORCEA
La Dame au petit chien arabe
traduit de l'allemand par Dominique Autrand

JOÃO GUIMARÃES ROSA
Diadorim
traduit du portugais (Brésil) par Maryvonne Lapouge-Pettorelli
Sagarana
Mon oncle le jaguar
traduits du portugais (Brésil) par Jacques Thiériot

PEDRO JUAN GUTTIÉRREZ
Trilogie sale de La Havane
Animal tropical
Le Roi de la Havane
Le Nid du serpent
traduits de l'espagnol (Cuba) par Bernard Cohen

VANGHÉLIS HADZIYANNIDIS
Le Miel des anges
traduit du grec par Michel Volkovitch

GEORG HERMANN
Henriette Jacoby
traduit de l'allemand par Serge Niémetz

JUDITH HERMANN
Maison d'été, plus tard
Rien que des fantômes
Alice
Au début de l'amour
Certains souvenirs
traduits de l'allemand par Dominique Autrand

ALAN HOLLINGHURST
L'Enfant de l'étranger
traduit de l'anglais par Bernard Turle
La Piscine-bibliothèque
traduit de l'anglais par Alain Defossé
L'Affaire Sparsholt
traduit de l'anglais par François Rosso

MOSES ISEGAWA
Chroniques abyssiniennes
La Fosse aux serpents
traduits du néerlandais par Anita Concas

ROBIN JENKINS
La Colère et la Grâce
traduit de l'anglais par Françoise du Sorbier

EDWARD P. JONES
Le Monde connu
Perdus dans la ville
traduits de l'anglais (États-Unis) par Nadine Gassie

YASUNARI KAWABATA
Récits de la paume de la main
traduit du japonais par Anne Bayard-Sakai et Cécile Sakai
La Beauté, tôt vouée à se défaire
traduit du japonais par Liana Rossi
Les Pissenlits
traduit du japonais par Hélène Morita
Première neige sur le mont Fuji
traduit du japonais par Cécile Sakai

YASUNARI KAWABATA ET YUKIO MISHIMA
Correspondance
traduit du japonais par Dominique Palmé

GUYLA KRÚDY
L'Affaire Eszter Solymosi
traduit du hongrois par Catherine Fay

OTTO DOV KULKA
Paysages de la métropole de la mort
traduit de l'anglais par Pierre-Emmanuel Dauzat

MICHAEL KUMPFMÜLLER
La Splendeur de la vie
traduit de l'allemand par Bernard Kreiss

NAM LE
Le Bateau
traduit de l'anglais (Australie) par France Camus-Pichon

DORIS LESSING
Le Carnet d'or
Les Enfants de la violence
traduits de l'anglais par Marianne Véron
Journal d'une voisine
traduit de l'anglais par Marianne Fabre
Si vieillesse pouvait
traduit de l'anglais par Natalie Zimmermann

PRIMO LEVI
Le Système périodique
traduit de l'italien par André Maugé

EDOUARD LIMONOV
Autoportrait d'un bandit dans son adolescence
traduit du russe par Maya Minoustchine
Journal d'un raté
traduit du russe par Antoine Pingaud
Le Petit Salaud
traduit du russe par Catherine Prokhorov

PAUL LYNCH
Un ciel rouge, le matin
La Neige noire
Grace
traduits de l'anglais (Irlande) par Marina Boraso

DAVID MALOUF

Harland et son domaine

traduit de l'anglais (Australie) par Antoinette Roubichou-Stretz

Ce vaste monde, prix Femina étranger 1991

L'Étoffe des rêves

traduits de l'anglais (Australie) par Robert Pépin

Chaque geste que tu fais

Une rançon

L'Infinie Patience des oiseaux

traduits de l'anglais (Australie) par Nadine Gassie

THOMAS MANN

Les Confessions du chevalier d'industrie Felix Krull

Dr Faustus

traduits de l'allemand par Louise Servicen

SÁNDOR MÁRAI

Les Braises

traduit du hongrois par Marcelle et Georges Régnier

L'Héritage d'Esther

Divorce à Buda

Un chien de caractère

Mémoires de Hongrie

Métamorphoses d'un mariage

Le Miracle de San Gennaro

traduits du hongrois par Georges Kassai et Zéno Bianu

Libération

Le Premier Amour

L'Étrangère

La Sœur

Les Étrangers

Les Mouettes

Ce que j'ai voulu taire

La Nuit du bûcher

Dernier jour à Budapest

traduits du hongrois par Catherine Fay

ALESSANDRO MARI
Les Folles Espérances
traduit de l'italien par Anna Colao

VALERIE MARTIN
Maîtresse
Indésirable
Période bleue
Le Fantôme de la Mary Celeste
traduits de l'anglais (États-Unis) par Françoise du Sorbier

JOHN MCGAHERN
Les Créatures de la terre et autres nouvelles
Pour qu'ils soient face au soleil levant
traduits de l'anglais (Irlande) par Françoise Cartano
Mémoire
traduit de l'anglais (Irlande) par Marie-Lise Marlière

ADRIENNE MILLER
Fergus
traduit de l'anglais (États-Unis) par Marie-Lise Marlière
et Guillaume Marlière

STEVEN MILLHAUSER
La Vie trop brève d'Edwin Mulhouse, écrivain américain,
1943-1954, racontée par Jeffrey Cartwright,
prix Médicis étranger *1975,*
prix Halpérine-Kaminsky *1976*
traduit de l'anglais (États-Unis) par Didier Coste
Martin Dressler, le roman d'un rêveur américain,
prix Pulitzer *1997*
Nuit enchantée
traduits de l'anglais (États-Unis) par Françoise Cartano
Le Roi dans l'arbre
Le Lanceur de couteaux
traduits de l'anglais (États-Unis) par Marc Chénetier

ROHINTON MISTRY

Une simple affaire de famille

L'Équilibre du monde

traduits de l'anglais (Canada) par Françoise Adelstain

STUART NADLER

Le Livre de la vie

Un été à Bluepoint

traduits de l'anglais (États-Unis) par Bernard Cohen

Les Inséparables

traduit de l'anglais (États-Unis) par Hélène Fournier

KALANIT OCHAYON

De la place pour un seul amour

traduit de l'hébreu par Catherine Werchowski

ROSELLA POSTORINO

La Goûteuse d'Hitler

traduit de l'italien par Dominique Vittoz

CHRISTOPH RANSMAYR

La Montagne volante

Le Syndrome de Kitahara

Atlas d'un homme inquiet

Cox ou la course du temps

traduits de l'allemand par Bernard Kreiss

JENS REHN

Rien en vue

traduit de l'allemand par Bernard Kreiss

DONAL RYAN

Le cœur qui tourne

Une année dans la vie de Johnsey Cunliffe

traduits de l'anglais (Irlande) par Marina Boraso

Tout ce que nous allons savoir

traduit de l'anglais (Irlande) par Marie Hermet

MORDECAI RICHLER
Le Monde de Barney
traduit de l'anglais (Canada) par Bernard Cohen

ARTHUR SCHNITZLER
Gloire tardive
traduit de l'allemand par Bernard Kreiss

HUBERT SELBY JR.
Last Exit to Brooklyn
traduit de l'anglais (États-Unis)
par Jacqueline Huet et Jean-Pierre Carasso

VIKRAM SETH
Deux vies
traduit de l'anglais (Inde) par Dominique Vitalyos

ANTONIO SOLER
Les Danseuses mortes
Le Spirite mélancolique
Le Chemin des Anglais
Le Sommeil du caïman
traduits de l'espagnol par Françoise Rosset
Lausanne
traduit de l'espagnol par Séverine Rosset

PAOLO SORRENTINO
Ils ont tous raison
traduit de l'italien par Françoise Brun

DAVID SZALAY
Ce qu'est l'homme
traduit du hongrois par Etienne Gomez

TARUN TEJPAL
La Vallée des masques
traduit de l'anglais (Inde) par Dominique Vitalyos

SOPHIE TOLSTOÏ
À qui la faute ? Réponse à Léon Tolstoï
traduit du russe par Christine Zeytounian-Beloüs

F.X. TOOLE
Coup pour coup
traduit de l'anglais (États-Unis) par Bernard Cohen

NICK TOSCHES
La Main de Dante
Le Roi des Juifs
traduits de l'anglais (États-Unis) par François Lasquin
Moi et le diable
traduit de l'anglais par Héloïse Esquié

DUBRAVKA UGRESIC
Le Ministère de la douleur
traduit du serbo-croate par Janine Matillon

ERICO VERISSIMO
Le Temps et le Vent
Le Portrait de Rodrigo Cambará
traduits du portugais (Brésil) par André Rougon

CHRIS WOMERSLEY
Les Affligés
La Mauvaise Pente
traduits de l'anglais (Australie) par Valérie Malfoy

PAUL YOON
Autrefois le rivage
traduit de l'anglais (États-Unis) par Marina Boraso

Composition : Nord Compo
Impression : CPI Firmin-Didot en août 2021
Éditions Albin Michel
22, rue Huyghens, 75014 Paris
www.albin-michel.fr

ISBN : 978-2-226-44326-7
ISSN : 0755-1762
N° d'édition : 23554/01 – N° d'impression : 164810
Dépôt légal : septembre 2021
Imprimé en France